Lunar Hotel

月球旅店

吴 季 著

科 学 出 版 社

北 京

内 容 简 介

一封10年前留给自己的家信，使肖家远的女儿肖凌宇踏上了前往月球的旅程，无论是从起飞到返回地球的所有技术细节，还是她在旅途中所经历的心路历程，其真实程度都会给读者带来意想不到的震撼。与大多数科幻小说通常描写距今几百年之后的虚幻世界不同，本书通过20～25后前往月球的旅客和基于当下技术背景的月球旅店的构思设计与融资过程两条故事线，展现了前往月球旅游对游客的独特吸引力和实现这个愿景接近真实的技术途径与可行性。使这一切成为可能的，正是肖凌宇的父亲——一个将毕生奉献给国家任务的航天型号总师，为实现人类走出地球摇篮这个富有情怀的使命，在退休之后集团体之力所开辟和实践的新航天事业。

图书在版编目（CIP）数据

月球旅店 / 吴季著. —北京：科学出版社，2019.10
ISBN 978-7-03-062369-0

Ⅰ. ①月…　Ⅱ. ①吴…　Ⅲ. ①科学幻想小说-中国-当代
Ⅳ. ①I247.5

中国版本图书馆CIP数据核字（2019）第201458号

责任编辑：张　莉 / 责任校对：贾娜娜
责任印制：赵　博 / 插图绘制：王　瑶
封面设计：有道文化

科学出版社 出版
北京东黄城根北街16号
邮政编码：100717
http://www.sciencep.com

三河市春园印刷有限公司印刷
科学出版社发行　各地新华书店经销
*
2019年10月第 一 版　开本：880×1230　1/32
2025年5月第五次印刷　印张：6 1/4
字数：100 000

定价：48.00元

（如有印装质量问题，我社负责调换）

序

吴季先生曾任中国科学院国家空间科学中心主任，是一位知名的航天科学家，《月球旅店》是他写作的第一部长篇科幻作品，我一口气把它读完了。我很久没有读到这样的硬科幻了，它非常吸引人，有的篇章段落唤起我当年读到英国科幻作家阿瑟·克拉克小说的感觉。

该书讲的是 21 世纪中期，由中国人牵头，联合世界各国开发月球旅游的故事。确切来讲，它通过具体描述一次六天的月球之旅，向我们展现了整个月球旅游的详细过程，读来感觉仿佛亲自到月球上走了一趟。

但是，这并不是一册旅行社的指南，它有着极强的技术性，仿佛一本月球载人飞行工程手册。吴季先生以他长期的航天科学深厚累积，为我们讲解了月球旅游的三大系统难题：如何实现地月运输系统、通信系统和能源系统的构建。这里面，既充满想象，又脚踏实地，从基础科学和工程技术方面，不厌其烦地描述了各个细节，这可不是一般的科幻作者坐在家里或仅靠读几本科普书就能写出来的。我真的好像在重读克拉克的《天堂的喷泉》，而那写的是通往太空的电梯。

这也是一本真正的科幻，展开了对未来场景的丰富想象，精彩纷呈，让人目不暇接。比如各国乘客搭乘旅游飞船的旅行及观感，他们与月球上归来的前一批旅客的交接，月球旅店的形状、位置、构造和颜色，月日和月夜的旅行之不同，在月夜中观看最壮观、最灿烂的地球以及其带给人的心灵震撼，月球上的两天参观活动，转运系统的分部建造场面，中转站上的装饰布置，转运飞船上的消遣方式，昆仑山上的一万五千米的通信高塔……这些大胆的想象，全部建立在坚实的科学推理上，细节充沛到让人吃惊。

该书中涉及的知识领域众多，从科学到人文，从技术到商业，应有尽有，包括太空、航天、通信、能源、地质、工程、建筑、旅游、经贸、金融……作者逐一道来，丝缕剖析，深入浅出，让人沉浸在憧憬和思考之中。

我觉得，该书也是作者向中华人民共和国成立七十周年的献礼。它从一个侧面描述了中国的过去、现在和未来：这个国家怎样从一穷二白发展到可以上天入海、穿越星空，普通人也能到月球上去旅游。该书讲述了社会主义市场经济的发展，市场在资源配置中真正起到了决定性作用，而政府的作用也得以更好的发挥，这便把以前主要为国家任务服务的航天工业拓展到一个前所未有的新空间。根据书中的描述，这样一个转变的意义是极其重大的。正是坚持沿着中国特色社会主义道路前行，中国才得以实现超越，做到其他发达国家也做不到的事情。“新航天”如果能在中国发展起来，就为未来中国经济的持续发展和创新型大国地位的巩固，提供了一个有力引擎。

从该书中，我也看到了对推进改革和扩大开放的呼唤，尤其是，必须进行体制机制的深度改革，这样才能把人的创造性最大限度地发挥出来。该书中最让人印象深刻的人物，便是那位为国家奉献了一辈子的航天总工肖家远，他想在退休之后进入一个全新的领域，从事航天的商业开拓，这看起来是多么异想天开且大胆啊！他事业成功，本可以安享晚年，做这件事仅仅是为了再开辟一个新的领域，来推动人类的发展。我理解，如果没有好的大环境，没有好的体制机制的支撑，单凭个人的努力，是难以做到的。我想，肖家远从事的非凡事业是可以实现的，因为，我已看到，中国的民营商业航天在现实中崭露头角了。

未来世界的主流仍然是和平发展，仍然是合作共赢，否则月球旅游只能成为泡影。月球旅游项目的成功，很大程度上得益于国际合作。作者在这方面的描写也十分精彩和专业，读来让人觉得，月球必定是人类命运共同体在未来的一个重大试验地。

尤其值得赞许的是，这个故事充满了人文关怀，科学家的赤子之心、深厚的父女之情，还有航天人的同事、朋友之谊，都跃然纸上。王瑶的精美插画，也为文字插上了艺术的翅膀。而贯穿全书的，竟然是《小王子》这本书，它仿佛成了支撑书中人物的思想行为以及整个故事的灵魂。这样一个童话，与科技，与航天，与梦想，与生命，紧密结合在一起，既温馨又热血。或许，科学的背后，根本上还是文化。我们走向太空这个最后的边疆，从根本上说，不是为了眼前的一点点利益。月球旅游成为“新航天”的第一个重大目标，这个意义很大，可能比从月球上采集资源的意义还要大，我想，仅仅从月面上回望一眼地球，我们的精神世界就大大不同了。为了梦想的燃烧，为了星辰宇宙的召唤，人类才可以一往无前。

我希望更多的人能够读到这本书，从而更好地认识航天，认识太空，更深入地了解我国航天人对未来的大胆想象和对理想的不懈追求，并激发出实现新梦想所需的大无畏勇气和脚踏实地的精神。我也希望，有更多的科学家和工程师来创作科幻作品，展示和激励我们这个民族的梦想。

我不禁想到鲁迅先生于一个多世纪前把科幻介绍进中国时，首译的便是儒勒·凡尔纳的《从地球到月球》。那时他在日本留学，读到了日本人翻译的西方科幻小说，感慨十分，西方人的梦已经是海底两万里和人上月球，而中国人的梦还是升官发财封妻荫子。因此，要改变中国人，就首先要改变中国人的梦。

该书写的是中国人登月，接下来，就该是人类登陆火星，再接着就该是人类走出太阳系了吧！这些曾经遥远的事物，现在的确都渐渐变得清晰了。为了这一切，我们还要加油，还要脚踏实地走稳每一步。

从凡尔纳到威尔斯，从郑文光到叶永烈，他们笔下的许多科幻都成真了。接下来，就是怀着期待，去争取让该书中描述的一幕，在我们的有生之年成为现实。而那个现实，我想会在很大程度上按照该书中描述的各种原理和细节来展开。

韩　松

2019年9月6日

前　言

一道黄色的光出现在沙漠上，小王子就这样离开了地球，回到了他自己的星球。那里有他念念不忘的玫瑰花和小绵羊……从圣-埃克苏佩里写下那略带忧伤的童话《小王子》开始，已经77年时间过去了。

1972年12月12日，“阿波罗17号”的指令长尤金·塞尔南最后一次离开月球。之后，人类再也没有登上过那个地方，时间也已经过去了47年。

地球上的人们，还是照样在工作、生活、娱乐，还把机器人航天器送到了八大行星和太阳系的边缘。但是，我们人类本身，却再也没有踏上过月球。人类探索太空的步伐，停滞在了50年前的第一步那里，没有第二步了。

如果有人对这个问题感兴趣，想知道原因，可以在网上查到很多很多种答案。甚至还有人说，“阿波罗计划”是个阴谋和骗局，也就是人类实际上从来就没有登上过月球。我对这些答案都不满意。我觉得这些原因，都不可能让我们等待这么多年。那真正的原因到底是什么呢？直到本书的主人公——肖家远的出现。

月球本身也许并不美，她寒冷、无氧、色彩单调。但是，如果你到了那里，回望一下我们的家园——地球，你就会发现她实际上很美，当她和地球融为一体时，就会变得和地球一样美。当然，也因为有你在那里，就像小王子说的。

通往月球的技术路线也许很难，但“阿波罗计划”50年前就做到了，现在无论是信息电子技术、材料科技、先进制造技术、航天系统工程技术都远远超过了50年前的水平，创新能力更是今非昔比了，因此，绝对不可能是技术上的原因。

那么，还有什么呢？你一定会想到是因为登月需要的经费太巨大了。但是，只要你想一想，如果我想去，你想去，他也想去，还有更多的人都想去，登月就会变成大众的需求，还会缺钱吗？而从国家任务脱离出来的登月活动是什么呢？最具代表性的无疑就是到月球去旅游啊！

你同意主人公肖家远的这个判断吗？就让我们亲身经历一下他给我们带来的变化吧！

吴　季

2019 年 7 月 27 日

目　录

序　i

前言　vii

引子　001

第一章　起飞　003

第二章　新航天　019

第三章　中转站　047

第四章　地月段飞船　063

第五章　到达　079

第六章　情怀　091

第七章　家　107

第八章　通信　121

第九章　月面的室外活动　133

第十章　融资　147

第十一章　合作　163

第十二章　尾声　175

后记　182

引　子

月球旅行社总部大楼里，工作人员快步地走来走去，一派繁忙却有条不紊的景象。

一个身穿行政装的女性销售主管，手里拿着文件夹，疾步走进了销售部经理的办公室。

“这几天的预订总是爆满，都是冲着‘阿波罗 11 号’登月的周年纪念来的，所有的票在 8 个月前就都订满了，尽管我们加价 30%，还是供不应求。这不，我刚刚接到了一个电话，说要出两倍的费用，希望我们能够腾出一个位置给他。”销售主管进门就风风火火地说道，这也是她前来找销售部经理的主要目的。

她停了一下继续说：“经理，我看了一下旅客名单，发现 7 月 15 号中午出发的 3130 团，有一张我们公司自己的福利票，能做做工作，请她让出来吗？”

一个中年男人坐在办公桌前，继续着手头的工作，低着头问道：“福利票？这个旅客叫什么名字？”

“肖凌宇！”销售主管看了下名单，答道。

“肖凌宇？是她？那绝对不能换！”销售部经理惊讶地抬起头，眼睛也瞪得圆圆的。

“你知道，肖凌宇是我们总公司创始人、前总经理肖总的女儿。福利票是公司为了答谢为公司做出重大贡献的职工的特殊政策，并且还有选择出发日期的优先权呢！更何况，肖总是我们公司最重要的创始人，没有之一！”销售部经理丝毫没有犹豫，更加坚定地补充道。

“这样啊，我也听说过肖总，但不知道这个旅客的背景，是我的失误，十分抱歉。那我马上回复刚才的预订人，告诉他已经没有位置了。”说完此番话，销售主管立即走出了房间。

这时，销售部经理站起身，慢慢走到窗前，向远处望去，从后面可以看到他头顶隐约出现的花白的头发。

这时，房间里的数字挂钟显示的日期是：2042 年 4 月 20 日。

第一章　起飞

如果有一天他们去旅行……

——《小王子》，圣-埃克苏佩里

中国航天

中午十二点整，肖凌宇坐上了开往发射区的通勤车，这次月球旅行终于成行了。

她看上去五十岁出头，精明干练，如果穿上行政装，无疑就是一位公司高管。而此时，她和大家一样，身穿蓝色的宇航员便装，干净的脸上难掩兴奋之情。

肖凌宇稍微整理了一下头发，环顾了一下车上的其他五位乘客。坐在她左侧的是驾驶员，五十岁左右的样子，看起来很有风度，如果是在街上看到他，估计会以为他是一位专业人士，比如医生、资深技术人员，或高新技术公司的管理者，而不像是钻研数学和基础理论的科学家。因为，他的风度中透着机敏，好像随时都可以处理各种复杂的事情。坐在第二排的两个人好像是一对夫妻，都是三十岁出头的样子，看上去非常高兴，但也不是蜜月旅行那种甜蜜的兴奋。他们应该算是成功人士了，毕竟能购买几百万元一张的票，而且一买还是两张，两人一起到月球环游，这不是一般家庭能承受得起的。难道？此刻，肖凌宇突然想起前不久看到的一则新闻，说是有一对美国夫妇在月球旅店度假时怀上了孩子，出生后给这个孩子起名字叫露娜梅（Lunamade），就是“月亮造”的意思。坐在第三排的两个人，一个是外国人，看样子好像是中东一带的阿拉伯人，皮肤稍暗，眉毛、眼睛、头发都很黑，脸部棱角分明；另一个是一个三十岁左右的女性，看起来一副很自由派的样子。

大家的身体随着通勤车的加速和转弯，有节奏地晃动着。此时此刻，车上没有人说话，好像越接近发射区，大家越紧张。到底是3个月来，也就是从得知获准参加这次月球旅行以来，第一次感觉到伟大的、震撼的，也许是危险的时刻终于要来临了。

“从驻地到发射平台的更衣间，大约需要 15 分钟。”驾驶员开始说话了。他的声音听起来很从容，很显然，他一点儿也不紧张。

“这一段儿路程虽然不长，但是故事很多，”他接着说，“不知道你们知不知道，人类第一个进入太空的宇航员加加林第一次飞行时，由于紧张，还提出要停车上厕所呢！”这句话一出，大家都开心地笑起来，车内紧张的气氛也稍稍缓解了一点儿。

“到哪里上厕所啊？就在车下？”那对夫妻中的丈夫随口问道。

“是啊，他是第一个进入太空的宇航员，想在哪儿上，就在哪儿上。他下车后，就把尿尿到了右前车轱辘上了。”驾驶员答道。

“哈哈哈——”大家听后一阵哄堂大笑。

“加加林成功返回地球后，成为人类第一个进入太空的宇航员，后来的宇航员们都把尿尿这件事儿当成取得成功的原因之一，所以每次飞行之前，在去往发射平台的路上，大家都要停车尿尿，就像加加林一样，也都是尿在右前车轱辘上。”驾驶员补充道。

“哈哈哈——哈哈哈——”大家的笑声更大了。

“当然，这也是宇航员们缓解心理压力的一种方式，并不是迷信。”驾驶员怕大家对宇航员有所误解，赶紧又解释了一句。

“那如果是女宇航员，怎么办呢？”那对夫妻中的妻子突然问了一句。

还没等驾驶员回答，通勤车就到达目的地了。

“欢迎参加月球旅游开发公司第 3130 次月球旅行。”通勤车门口，两个笑容可掬的工作人员正在接待大家。5 位乘客加上驾驶员，共计 6 人被带进了发射场区的乘员准备大楼。在这里，可以清楚地看到发射塔架，竖立在大约 2 千米远的地方，但是看不到火箭的箭体，箭体被发射架的工作围挡包围着，估计要到发射前几分钟才能打开。

乘员准备大楼有三层楼高，参加飞行的人员，也就是驾驶员和旅客们，要在这里接受最后一次体检，包括测血压、心跳和血氧浓度，此举是为了确定乘员们在飞行前有无不适合飞行的异样。此前，参加月球旅行的人都已经接受了正式的体检。测完血压等后，大家需要换上带有生保系统的舱内宇航服，观看紧急逃生演习视频，接受最后一次紧急逃生培训。三个月来，参加飞行的人员已经接受过一次视频培训和一次实战训练了。

负责体检的医生非常专业和娴熟，给大家带上指夹，先测量血氧浓度，再测量血压。

肖凌宇坐在医生对面，尽量平复心情。她的血压一直正常，通常都是高压 110，低压 70，应该没问题。

“有一点儿高，高压 135 了。”医生告诉肖凌宇，“我们的标准上限就是 135。从你的档案看这不应该，你最近身体有什么特别不适吗？”

“没有啊！”肖凌宇心里也是一惊，不会吧？她暗自想，难道内心很紧张，而自己没有察觉吗？

“这样吧，”医生倒是很平静，“不要急，这种情况我们也经常遇到，飞行前身体总是会自我暗示，大脑往往也感觉不到，请您躺下，我再测量一次。”

肖凌宇听从医生的指示，躺在了旁边的一张体检床上，长舒了一口气，努力使自己平静下来。

“高压 125，低压 80，没问题了，”医生说道，“请跟着大家到旁边更衣室换上舱内宇航服吧！”

肖凌宇这才放下心，跟着其他人一起进入另一间房间，看来大家的身体状况都很正常。这里的房间分为男区和女区，中间由隔板隔开。每个人进入一个没有门的小更衣区，在这里换上起飞用的舱内宇航服。一名工作人员在现场指导大家如何戴上头盔，这一切实际上在训练时都演练过，所以大家的动作都比较熟练。大约 10 分钟后，大家穿戴完毕，穿过一个小厅，来到等待厅，每个人找了一个舒适的座位坐下，等待再次乘坐通勤车前往发射塔架。

大约半年前，肖凌宇打开了爸爸临终前留给她的一封信，是妈妈交给她的，妈妈说这是爸爸临终前，也就是大约10年前写给她的，爸爸让妈妈代为保管，并一再嘱咐妈妈在月球旅店的二期工程正式完工并营业后再交给肖凌宇。

爸爸是一名航天科学家。肖凌宇从小就知道爸爸的工作很神秘，尽管她很想了解一些相关情况，但是问爸爸也问不出什么来。直到爸爸快退休的时候，有一次，爸爸对妈妈说："我终于可以做一些可以自主决定的事儿了。"

“国家项目不能自主决定，是吗？”妈妈问道。

“是啊，国家项目要按照国家战略和既定的工作目标来做，不能自主决定，现在我终于要把手头的国家任务都完成了，可以按照自己的想法干些事情了。”爸爸继续说道。

“那是什么呢？”两人的谈话继续。

肖凌宇虽然当时不知道那是什么，但是看到了后来很多事情都在变化。

比如，人类进入空间的步伐突然一下子加快了，先是把游客送到临近空间，也就是大约 100 千米高的轨道上飞行一段时间，其中有大约 20 分钟的微重力环境。接着就是作为常规旅客，到位于近地轨道空间站的旅馆住两天，在里面可以打乒乓球等。之后，就是可以到月球旅行，先是绕月，后来是落月，然后就是现在的住两天再回来。太空旅游的票价也逐渐下降，从几千万美元一张票，下降到现在的 100 万美元一张票。

回想 20 世纪人类第一次登上月球，到再次返回月球，用了 50 多年的时间。而从再次返回月球，到开始实现月球旅游，仅仅用了 10 年的时间。原因是什么呢？有一次，肖凌宇忍不住问爸爸，想从爸爸那里寻找到答案。

爸爸回答道："这都是因为除了国家任务驱动外，航天领域又逐渐引入了商业驱动，使其可以滚动地持续发展。特别是太空旅游，促使太空经济出现了爆炸式的增长。"

但是，爸爸在第一批月球游客登月那年就永远地离开了。他退休后直到去世，受聘于一家开展月球旅游的商业航天公司，并任总设计师，一直奋斗在太空旅游的基础设施建设战线上，这也就是他所说的可以自己做主的那些工作。

在他弥留人世之际，爸爸留给自己唯一的孩子肖凌宇一封信，并再三叮嘱妈妈和肖凌宇一定要 10 年后再打开。当然，妈妈一定知道里面写的是什么。

这时，通勤车来了，肖凌宇和其他 5 位乘员登上车后，车子缓缓地开向发射塔架。在发射塔架前，车上的乘客全部下车，他们头戴的头盔虽然打开着，但是仍然可以感到肩膀上很重，那个连接头盔的大圆环接口也硬邦邦地搭在肩膀上，再加上需要用手拿着一个蓄电池，所以大家的步伐都比较沉重而缓慢。

电梯将大家直接带到了 9 层，这里就是乘员舱的门口。门口有工作人员引导他们逐一进入座椅，驾驶员在上面一层，还有两人也被安排坐在这一层。肖凌宇和那个阿拉伯乘客、那个单身女士被安排坐在下层，也许是她和肖凌宇都会讲英语的缘故吧！入座后，肖凌宇蜷缩着身体，面向天空，其实是“躺”在座位上。这个动作在模拟训练时曾经接触过，但那是在实验室中，和真正在火箭上的感受是不一样的。

大家在工作人员的引导下很快就座，实际上是“躺”好了。

接下来，是漫长的15分钟的等待，从耳机里可以听到各种口令：10分钟准备……5分钟准备……1分钟准备……倒计时：10，9，8……3，2，1，起飞！

振动，很多频率的振动，有低频也有高频，让人感到全身都被压到座椅里面，而且压力越来越大，有点儿让人喘不过气来。肖凌宇用力地深呼吸，力求保证自己的呼吸频率正常。就在声音大到令人无法承受的时候，突然安静了一点儿，啊，是整流罩打开了，明亮、刺眼的阳光一下子照射进来，那种感觉，就像在空气质量极好的日子里，我们抬头想看看太阳时一样。座舱里因为有了明亮的阳光，好像也可以看到一些飘浮的微粒尘埃，不知道它们都是从哪里冒出来的。

突然，振动完全消失了，一切都安静了下来。显然此时火箭进入了滑行阶段。肖凌宇感觉身体也飘浮了起来，不再是躺在座椅里，而是飘浮在座椅和安全带之间，这种感觉就像坐过山车时从上向下俯冲时一样。

第二章　新航天

你，真的相信那些花……

——《小王子》，圣-埃克苏佩里

当发射现场的扬声器中传来“起飞”的口令时，火箭的底部火光一闪，导流槽水池中由于火焰的高温蒸发的水汽瞬间腾起，地面上的人们看到巨大的火箭慢慢地升了起来，顿时欢呼声、掌声此起彼伏。这时，才开始能听到巨大的“隆隆”声，特别是那些低频的声音，令人十分震撼，让人切身体会到火箭发射带来的巨大能量。

火箭起初的速度慢得令人不可思议，让人担心它会不会倒下来，但其实它非常稳。火箭一点点地加速，速度逐渐快起来，升高到半空中时，可以清晰地看到发动机的火焰既明亮又犀利，将大气中的水分变成蒸汽，沿着飞行轨迹留下一道白色的云。中间有一段，火箭进入了云层，从人们的视野中消失了，之后又从云层上面钻出，继续着它的飞行，但是速度明显加快了，很快便又消失在人们的视野中。它留下的那道白色的云，随着不同高度的大气的运动方向不同，开始变形、扭曲，形成了有趣的麻花状，然后逐渐淡去直到最终消失。

肖家远也记不清这是自己第几次参加发射活动了。但是这一次与此前有些不同，因为完成这次发射任务之后，他将不再在一线主持工作了。一方面，是因为年龄，他已经 60 岁了；另一方面，是因为他主动提出了辞职，他向领导明确表达的是，应该给更年轻的同事机会。

然而，其实另有原因。

约一年前，肖家远出国参加了一次国际会议。在那次会议上，他第一次接触到一个新的概念“新航天”（New Space），也可以翻译成“新概念航天”。其实在这之前，经过这么多年的工作，一方面，他觉得自己能够从事航天这项伟大的事业，为国家做贡献，是一件非常光荣和自豪的事情；另一方面，他又总觉得哪里有些不对劲儿，但又说不出来是哪儿。直到这次出国开会，见到一些老朋友，包括读本科和研究生时的同学，他们毕业后先后来到国外工作，还听到了“新航天”这个新词汇，他才真真切切地感受到了一些令他震撼的东西。

要想理解什么叫“新航天”，首先需要了解什么是“老航天”，也就是传统的航天，这也是肖家远为之奋斗了几十年的事业。这恐怕要从美国“阿波罗计划”时代说起。

20 世纪中叶，苏联人第一次把人造卫星送上了天。当时正值冷战时期，谁在高科技上取得先机，谁就能证明自己制度和意识形态的正确性。苏联在这个领域的领先，使美国遭受到了沉重的打击。经过短暂的调整，美国在几个月后也成功发射了自己的第一颗人造卫星。应该说，无论是苏联还是美国，发射人造卫星都是在严格保密的情况下自主做出来的，特别是能够将卫星送入轨道的运载火箭，属于国防尖端技术。不仅如此，为了更好地组织好这方面的工作，美国成立了专门的研究机构，也就是现在的美国国家航空航天局（NASA）。依托这一机构，时任美国总统肯尼迪在两年后的 1961 年宣布了要把人类送上月球的计划，即“阿波罗计划”。

从某种程度上可以说，NASA 的成立，以及后来依托这个机构发展起来的整个航天事业都是冷战的产物。为了取得冷战的胜利，美国政府不惜投入巨额经费，力争在技术上领先。这导致 NASA 的规模越来越大，需要的经费也越来越多，以至于在人类登上月球之后，不得不停止“阿波罗计划”。人类登上月球的行动也就此止步，而不是像 NASA 宣称的那样，是人类走出地球摇篮、迈向太空的一大步。因为，从这以后，就再没有比这走得更远的第二步了。

因此，“老航天”的第一个特征就是，不惜成本取得政治或军事上的胜利。

继苏联和美国之后，法国、日本、中国、印度等，都先后走上了这条道路，将航天事业与政治和国防紧密联系起来，成为独立于其他工业、商业领域的一个特殊的科技和工业分支。

肖家远为之工作的单位，就是中国最主要的航天事业单位。尽管大家总是在想如何加速航天事业的发展，比如向信息产业、汽车产业学习，但是总看不到像其他工业领域那样的大发展，而是局限在政府订货的有限业务中。这也是肖家远总感觉哪里不对劲儿的地方。

“老航天”的第二个特征就是，用户是政府，而不是数量巨大的普通民众。

听到“新航天”这个词以后，肖家远好像一下子悟出了什么道理，那就是，在“老航天”事业中，因为用户是政府，所以没有真正的市场；而因为没有真正的市场，就没有通过市场调节的合理价格，以及基于合理价格的高质量。因此，“阿波罗计划”式的口号，让人类走出地球摇篮，也只不过是为政治上的胜利涂上了科学和人文色彩的点缀。如果不是的话，那为什么几十年后我们还待在 400 千米轨道的空间站上，丝毫没有超越“阿波罗计划”呢？

“肖总，”这时，一个声音打断了肖家远的思路。他们此刻所在的位置是距离发射塔架 3 千米的观礼区，这时火箭已经逐渐离开了众人的视野，观看火箭发射的人们兴奋不已，纷纷忙着合影，分享自己刚刚拍摄的照片和视频。而这时说话的正是工程总体项目办公室的李大兴。

“肖总，刚刚接到指挥部的通知，星、箭顺利分离，入轨精度很高，卫星的帆板也已经展开了，我们应该回指挥中心去了。”显然，李大兴对肖家远的这次行动有些不理解。

通常，工程总师在发射时都是留在指挥中心，通过大屏幕实时观看发射情况，并在第一时间查看工程数据，一旦有问题需要马上做出决策，而不是到室外的观礼区来看发射。但是他并不知道，这次肖家远这样做是有目的的，他要为自己已经提出的退休请求做好铺垫，并有意地让更年轻的副总师留在指挥中心现场，而自己却“溜”了出来。

当然，李大兴并不知道这个背景。

“走吧，我们回去。”肖家远和李大兴来到停车场，钻进了小车里。

在那次国际会议上，美国的一个新航天领域领袖式的人物正在做报告。他讲的是火星移民的问题，涉及很多技术问题，比如，如何研制大推力的火箭，如何分批将人类运往火星，如何在火星上修建房子，以及如何在火星上种植农作物等。

肖家远有一点儿听不进去了，就约了一个朋友走出了会场。这个朋友曾经是欧洲空间局（ESA）的一个部门领导，刚刚跳槽到一家商业航天公司任首席执行官。由于前些年参加中欧合作项目，肖家远与他一同工作过一段时间，所以彼此之间很熟悉。他叫罗兰德。

“罗兰德，你说说新航天到底是什么。如果今后新航天代替我们，也就是代替了老航天，那我们不就都失业了吗？我这几天一直在想这个问题。”肖家远一边倒咖啡一边问道。

“家远，阿姆斯特朗已经登上月球 50 年了，你知道我们为什么还停留在三四百千米的近地空间站上吗？为什么航天飞机不得不终止飞行吗？”罗兰德用那双蓝色的眼睛直直地盯着肖家远问道。他手里也拿着一杯咖啡，不加糖也不加奶的那种。

“当时‘阿波罗计划’有冷战背景，所以敢于冒风险。现在不同了，对技术和安全性考虑得更周到全面了，所以任何计划的提出都更加慎重了，不是吗？”肖家远认为自己是对的，他一直也是这样想的。

“不对！”罗兰德斩钉截铁地说。

“是因为太贵了，成本下不来，要实现载人去火星，大致的预算是 5000 亿美元，相当于 NASA 近 25 年的预算只干这一件事儿。”他说道。

“那为什么这么贵呢？”罗兰德似是在自问自答。

“就是因为承担任务的机构是NASA，这些政府事业单位的包袱越来越重，庞大的机构运行经费，数万人的工资需要支付，大量谁都不想承担风险的重复的实验，等等。”他继续说道。

“这就是老航天（Old Space）的问题。”罗兰德最后回到了这个核心问题，也就是肖家远问的关于老航天、新航天的问题。

“那新航天为什么就可以便宜了呢？重新打鼓另开张，靠谁呢？技术、质量如何保证呢？”关于如何突破那些老航天形成的障碍，肖家远还是没有弄明白。

“靠市场机制，那只无形的手。”罗兰德斩钉截铁地说道。

“这个市场不是政府市场，政府市场是有限的，并且不是自由的，政府项目一定是要给国营的国防军工的企业，因为这是一个国家高新技术和国防军工的支柱。即使这些企业效率不高，也还是要养着它们。老航天的用户是政府，这一点无法改变。或者说，政府订货主要还是会给大企业，尤其是国家军工企业，只有很少配套任务会分到小企业和私营企业去。”喝了一口咖啡，稍停了一下，罗兰德继续说道。

“新航天的市场一定是在民间，是在一般的普通百姓。其实有一个很好的例子已经运行好多年了，那就是卫星通信。政府发现它的主要市场在民间，就早早将其市场化了。我们现在看的卫星电视，大多数是由商业航天公司提供服务。但是这个市场不大，特别是最近由于光纤通信和互联网的发展，卫星通信市场也在缩小，这个市场还不足以带动整个航天事业新的发展。”罗兰德继续说道。

“我认为最大的冲击可能还是来自太空旅游。”罗兰德补充道。

“太空旅游？”肖家远有些诧异。

“就是把游客送到空间站上玩两天，收费几千万美元。”肖家远知道这件事儿，几年前俄罗斯就运送了一名美国游客到空间站去，收了大约 6000 万美元。但是，这名游客是世界顶级富翁。现实生活中，又有多少人能付得起这么多钱啊！肖家远显然不同意。

“是，也不是。”罗兰德显然对回答这个问题早就有所准备。

“这只能说是太空旅游的序幕吧，说明有人对去太空中转一圈感兴趣，也希望体验一下进入太空的感觉。但是这里有几个问题：第一，无论是俄罗斯还是美国，他们的航天事业单位都不以营利为目的，政府机构也不是为了营利而设立的，因此，国际空间站本身就不是一个旅游的设施，除非将它出售给一家商业公司来运营；第二，价格太高，费用不是普通百姓，哪怕是富足的中产阶级可以接受的。”说完，罗兰德看着肖家远，想看看他的反应。

肖家远好像有一点儿明白了。罗兰德说的太空旅游，应该是由私人商业航天公司运营，价格相对比较低，至少是一些富足的中产阶级能够接受的价格。

“那这可能实现吗？人的安全最重要，一旦出现事故，就无法可持续地发展下去了。就像航天飞机，出了两次事故，影响太大了。”肖家远担心的是太空旅游的质量和安全。

“是的，安全性很重要。但是如果我们回到 100 年前，当商业的航空飞行刚刚开始的时候，事故不也是很多吗？但是，你看看现在的航空业，每一个航班上，因公务出行的乘客可能只有不到 20%，大部分旅客都是探亲访友，去旅游的，不是吗？”罗兰德再次直接看着肖家远的眼睛说道。

“那为什么‘阿波罗计划’实行以来都50年了，太空旅游还是没有发展起来呢？”肖家远也不是那么容易被说服的一个人，毕竟他是从事航天工作的，很多问题也不是没有想过。

“这就是问题所在了。”罗兰德好像终于等到这个问题了。

“承担老航天任务的，一直是国防军工领域的事业单位，尽管NASA和ESA都自称是和平利用空间的机构，但是他们的技术严格掌握在自己手中，特别是那些最核心的技术更是如此。这就阻碍了这些技术向民用和商用领域转化。直到最近一二十年，一些大学开始打破这些禁锢，用商用的器件做一些小卫星，甚至微卫星。虽然这些卫星的功能有限，但是毕竟开始打破航天技术的神秘感。逐渐地，也有一些体制内的技术人员‘出走’，我现在就是‘出走’的一个。”说到这里，罗兰德诡秘地笑了笑，神态有一些得意。是不是他的收入在“出走”之后大大地提高了？肖家远这样猜想道。

“这还不是主要问题，主要问题是，解除了禁锢以后的这些人开始大胆地创新。任何事情只要开放了，就会出现创新，以前不敢想象的事情现在也变得可能了。”罗兰德继续说道。

“新航天就出现了。”此时，罗兰德好像不得不赶紧结束这个话题了。

“对不起，我现在必须得回会场了，我一会儿有一个报告需要准备一下，如果你需要了解更多的情况，我们再聊。”说完，他就匆匆地步入了会场。

而此刻的肖家远陷入了沉思中。

中午，肖家远约了几个老同学一起到会场外面的餐厅吃午饭。大家有的 10 年未见面了，有的不久前回国访问时刚见过。大家都知道肖家远在航天部门的地位很高，所以愿意一起凑一凑，听听国内的新闻，以及中国载人航天和探月计划的未来规划。而肖家远，除了想和他们叙叙旧之外，还想了解一下新航天这个他刚刚接触的新概念。

半杯啤酒下肚，每个人面前盘子中的半只烤鸡也差不多吃完了，大家的话匣子便打开了。

“肖家远，我们也叫你肖总吧，当初你学习不错，我们都以为你会留在学校教书、搞基础研究呢，怎么就进了航天部门呢？”一个多年未见的女同学问道。

“家远，我是不得已才决定出国来的，那时我的单位几乎要解散，我只好联系出来读博士，还好，毕业后赶上戈达德航天飞行中心招项目聘用人员，我是通过中间的咨询公司被录用的，所以，我们是同行呢！”说话的这个同学是唯一在美国航天部门工作的，间接地参与过一些航天科学项目。他叫董建强。

“我也不是一步就进入航天部门的，我开始在中国科学院工作，后来因为一个项目，和航天的接触越来越多，就被调到航天部门了，这么多年就一直没有离开过。”肖家远简单地回应了一下，他还是想尽快进入主题。

“我这次出国，也不是很容易。你们知道我们的工作多半都涉密，因此出国开会需要层层审批。”肖家远接着话题一转。

“可是出国后，我听到了很多有关新航天的说法，想听听你们的看法。特别是建强，你现在的单位也算是老航天，你怎么看新航天呢？”肖家远看着董建强问道。

“在美国，这个概念提出也有一二十年了吧，近期由于太空探索技术公司（SpaceX）的快速发展，大家都有了一些信心。但是对 NASA 的冲击不大，因为 NASA 的经费来源主要是政府，政府不会将这些经费投给商业航天公司的。而 NASA 却把任务分包给商业航天公司，主要是为了降低成本，剩下来的钱可以更好地养人啊！”

董建强笑了笑，继续说道：“商业航天目前有两类企业：一类是体制内的技术和管理人员分流出来，成立公司，再反过来承担体制内的单位的任务，这样双方都有好处：体制内的单位可以降低成本，分流出来的人通过高效的商业组织，也可以赚到钱。但是总体来说，还是在政府投入的大蛋糕里面分一点儿出来吃，蛋糕并没有做大。另一类是寻找新的业务来源的商业航天公司，但是必须有自己的创新，比如更好地利用已有的遥感图像服务气象、农业、城市规划等。他们的图像处理能力并没有政府机构强，但针对性更强，因此开发了更多的用户，甚至是个人用户。我更倾向于称他们为新航天，而不是前一类。”董建强确实是内行，说得比较清楚。

“那这样的新市场空间有多大？能不能改变整个航天事

业的发展前景呢？”肖家远继续问道。

“我个人认为还在发展中，比如，卫星通信市场目前遇到了瓶颈，但是遥感应用潜力比较大，与定位和导航相关的应用因为全球定位系统（GPS）也开发很多年了，目前即使增加了几个系统（如中国的和欧洲的系统），也不会有根本的改变。但是这些市场都是小循环，还不是大循环，因为导航星座是政府所有，遥感卫星也大量为政府所有，所以应用市场都是在这个大框架下的小循环，不是自己的独立市场，唯一有可能从头到尾都是商业市场的，就是太空旅游。”看起来，董建强对新航天确实很了解，肖家远暗自高兴，自己想了解的问题越来越明朗了。

“你觉得移民火星是方向吗？”这个方向肖家远无论如何都无法接受，但是又不得不问一下，想听听别人的意见。刚刚本来想问问罗兰德的，但他急匆匆地走了，没来得及问。

“我觉得那是噱头，太空旅游如果发展起来，一定是在近地空间，至少在未来 10 年是这样的。原因是去深空的成本太高了，而且时间太长，不是旅游项目可以接受的。而移民又太早，我们总不能把地球搞烂了，然后将其抛弃，再去搞火星吧！”董建强的观点和肖家远的基本一致。肖家远的思路因而越发清晰了。

“你们聊这么多专业内容，我们都听不懂，换个话题，聊聊孩子吧！听说肖总的女儿到法国去上大学了，而且都毕业了，是已经工作了吗？”几个不再从事技术工作的同学开始插话了。

“是的，肖凌宇毕业后已经回国了，在一家银行工作，是IT工程师，不用我操什么心。”提到女儿，肖家远总是掩饰不住地高兴，为自己的女儿感到骄傲。

“我们一起照个相吧，肖总明天就回国了，跑这么远只能待三天，太遗憾了！”大家这样嘟囔着。肖家远也没有办法回答。是啊，一个国家五天的出访规定，还包括乘坐飞机的时间，这是纪律，必须遵守。

在总指挥林浩明的办公室，肖家远一进来就坐了下来，二人关系非常密切，一起承担过多个型号任务，肖家远也没有什么可客气的。

“这次任务完成得很好，后面应用的问题完全可以请张副总负责，让用户去发挥啦!”肖家远开门见山地说道。

“还是退休的事儿吧，我就知道你来没别的，一定还是坚持要退休。”林浩明从饮水机中接了一杯水递给肖家远，笑着说道。

“我不喝咖啡，你还是跟我一样喝水吧，老规矩。”林浩明补充道。

“是的，我来还是想提退休的事儿，虽然大部分总师都被你延退了，他们也基本愿意继续留下来做贡献，但是我想干点儿别的事儿了。”肖家远还是坚持谈这个话题。

“你想干点儿什么呢？”肖家远前几次来谈退休都是做铺垫，并没有具体说接下来要干什么，所以林浩明感到有一点儿意外。

“New Space。”肖家远说。

“什么？”虽然林浩明听得懂英语，但是突然听到这么个词儿，尽管听得清清楚楚，但并不知道肖家远具体指的是什么。

“这么说吧，我想去做商业航天，就是开公司。”肖家远的语气一如既往的平静。

“什么？不会吧？”林浩明和肖家远是老搭档，他很了解肖家远，这么多年来，肖家远从来不计较工资、奖金以及其他待遇，甚至连有限的几次疗养机会他都推辞了。现在，他怎么会想到要开公司呢？

“你缺钱花吗？女儿不是已经毕业并工作了吗？你和老

伴儿不是也不缺房子吗？现在的公寓在中关村，估计市值快1000万了吧？你这次顺利完成任务，马上还会有一笔发射成功奖金呢！”林浩明瞪大眼睛，十分惊讶地看着肖家远。

“老林，不是这个意思！我说去搞商业航天，不是为我自己挣钱，而是想尝试新的领域，在商业领域找找市场。”肖家远看着林浩明惊讶的样子，笑着说道。

“多年来，我们都是以政府为主要用户，所以发展很慢，并且背的包袱也越来越沉重。看看NASA，几千人在总部机关工作，10个研究中心有大量的重复布局，哪个都不能裁掉，火箭的成本不降反升，这样下去，会严重阻碍人类走向太空的步伐。我们的情况也比较类似，重复布局和恶性竞争很厉害，都在抢政府订货这一块蛋糕。这一年来，我想了很多，决定应该做一点儿改变，而做出改变的力量还需要来自于我们体制内的骨干。我正好在这个节骨眼上空下来，为什么不出去闯一闯？外面管这个叫New Space。”肖家远认真地解释着。

听到肖家远的此番话，林浩明一下子安静了下来，他拿起桌子上的一支笔，开始在手里打转转。这个好像是他高考复习时养成的习惯，一旦陷入思考状态，他就会开始转笔，旁人以为他是在炫耀绝技，其实他的心思根本没放在笔上。

“也是，这个问题我也想了很久了，就是没有答案。如果我们能够在民用领域找到市场，单位的发展就会很不一样了。但是……”林浩明突然打住，马上问道：“你不会把我们的骨干都‘挖’走吧？”

“当然不会，目前只是我自己离开，也许有一些基础性的设计工作，我想还是需要我们的设计部门帮忙的，但是我会从商业的角度以项目的方式委托给单位，这不也会增加单位的横向收入吗？”肖家远显然考虑过这些问题了。

“但是，如果我们的公司做大了，也许有些人也想投奔我们，我会先和你商量的，你同意了，我才会接收他们。其实，咱们单位也是有一点儿人满为患，效率并不高。你说是不是？”肖家远补充道。

“这样吧，我了解你，不想好了你也不会轻易找我说这些的。我们确实需要把更年轻的同志推上总师的岗位，他们其实也不年轻了，而你，还需要在关键的时候作为他们的后盾。我批准你暂时离岗，以 1 年为期，如果你干得好，确实发展了，我们再谈是不是办理完全退休手续；如果你干得不好，你还回来继续挑担子，像大家一样至少干到 65 岁吧！”林浩明稍微考虑了一会儿，如此答复道。

“谢谢啦！如果有需要我的地方，我一定会回来出力效劳的。”肖家远如释重负，他感谢林浩明的理解，和林浩明握手后，他坚定地走出了办公室。

到底要干什么？怎么干？这是肖家远这一年来一直在思考的问题。

首先，他不会太多地介入大家都在努力做的从体制内“抢蛋糕”吃的事情。正像他的老同学董建强说的，他也不认为这样做可以改变目前航天事业的发展状况。其次，他也不想涉足卫星通信、遥感应用和导航定位的民用市场。他认为这个市场不够大，最重要的是地球附近的航天应用总和国防联系着，不能完全商业化。比如，空间的移动通信卫星网络，就是可以军民两用的，不可能建设一个与国防应用完全隔开的系统。导航定位更是如此。至于遥感应用，天上的遥感卫星太多了，太高的分辨率又会和国防有关系了。低分辨率的虽然还可以在天气预报、海洋预报、农业等领域开辟新的应用，但他们同时也是政府的职责，搞着搞着就成了政府项目，还不是商业市场。

肖家远最后的考虑方向是太空旅游。不和正在兴起的近地轨道空间的太空旅游相冲突，或者说人家已经起步了好多年了，我们从零开始赶，也赶不上。不如把目标瞄准 10～15 年后的太空旅游，而那是什么呢？

应该就是月球！

为此，肖家远抽空专门考察了几家专做南极、北极旅游的公司。他首先问的问题是：为什么人们不惜花十万、二十万，甚至更多的费用想去南极或北极旅游呢？

他得到的答案是，绝大多数游客都希望自己有生之年能获得一次不一样的亲身体验，一生一次即可。当然，也有一部分游客是摄影“发烧友”，他们全世界各地跑，拍摄一般人难以拍摄到的照片。

那么，在去过近地空间站以后，人们最想去的地方还有哪里呢？一定是月球！月球离地球的距离刚刚好，来回一趟大约需要 10 天，这个时间从度假的角度来说堪称完美。月球表面的重力是地球上的 1/6，人在月球上行走，会是一种非常奇妙的体验。在月球上，人们还可以看到自己的家园——地球，从这个角度上看到的地球是和在近地空间站上看到的地球不一样的：近地空间站距离地球太近，人在这里只能看到地球的一部分，看不到完整的地球；而在月球上，人看到的地球是一个蓝色的星球，比在地球上看月亮大 3～4 倍，非常壮观，有一种在宇宙中看地球的感觉。更不要说在全日食和"满地"（对应着在地面上看月亮的满月）时的特殊天文时刻了。一想到这里，肖家远的心情就非常激动。

肖家远不喜欢移民火星的想法。原因是：火星距离地球太远，不适合旅游，需要等待合适的窗口，每 26 个月才能去一次，且一来一回最快也得 3 年时间。这个时间太长了，这不是旅游，而是出长差，是执行任务。移民更不可能，因为火星上的大气稀薄，充满了二氧化碳，没有氧气，难道火星移民要戴着氧气面罩生活吗？

综合以上考虑，肖家远还是把自己新航天事业的战略目标确定为月球旅游。

自然，肖家远马上就想到了三件最重要的事情，那就是：地月运输系统、地月通信系统和月面能源系统。

第三章　中转站

他开始拜访这些小行星……

——《小王子》，圣-埃克苏佩里

这时，肖凌宇和其他5位乘员已经进入了一个390千米高的近地圆轨道上，20分钟前，驾驶员通过耳机通信系统，告诉大家可以打开头盔了。发射后最危险的阶段已经过去了，那时距离地面太近，飞行速度也太慢，一旦火箭失去动力，甚至爆炸，位于火箭头部的载人舱就会自动弹出，进入逃逸状态，这时需要载人舱自动打开降落伞，慢慢降落下去逃生。这个高度在40千米以下还是可以自救的。再往上就不太容易了，需要动力飞行的控制，再进入大气层，如同返回时一样。

现在载人舱已经进入近地轨道了，达到了第一宇宙速度，无需动力就可以在此高度飞行数月，而不用担心落下去的问题。再过大约 1 小时，经过 1 次轨道调整，他们就要和地球轨道中转站（EOT Station）对接。在那里遇到回来的第 3070 批月球旅行团的乘客，他们将换乘刚刚载着肖凌宇一行人到达这里的载人舱返回地球，而肖凌宇一行五人将在此换乘运送第 3070 批旅行团从月球回来的第 12 号地月段飞船飞往月球。与此同时，在 38 万千米的地月轨道上，还有约 40 艘同样的飞船在来回穿梭，其中另一艘地月段飞船正在和月球轨道中转站（LOT Station）对接，交接第 3110 批和第 3090 批月球旅行团的乘客。

肖凌宇知道这一套运输系统就是爸爸他们在 20 多年前设计的。他们首先解决了在月球表面就地生产燃料（主要是液氧）的问题，将地月段飞行的时间缩短到 2 天，从而设计出最佳的月球表面逗留时间为 2 天、全程共 6 天的旅行周期。这样，既为旅客降低了旅行成本，又留出 2 天在月球表面的体验时间，而全程 6 天是大多数人都可以接受的旅游度假时间。

一般来说，由于地球的引力大，脱离地球引力从地面上起飞的运载火箭成本最高。因此，地月段飞行的大部分燃料（主要是液氧）不用在地球上生产，而可以在月球上生产。液氢重量不大且在燃料中占比小，就在地球上生产，并随载人舱带入地球轨道中转站。而由于月球的引力只有地球的1/6，因此在月面生产的液氧就由月球载人舱运送到月球轨道中转站。这样，地月段飞船在停靠地球轨道中转站时可以补充加注液氢，在停靠月球轨道中转站时可以补充加注液氧，成本便大大降低了。

这时，对接已经完成了，肖凌宇仅仅感到了一次微微的振动。

“请乘员按照座位号码，依次解开安全带，进入中转站。”驾驶员发出了命令。肖凌宇在下层6号座位，因此还得等一会儿。

肖家远首先考虑的是地月运输系统，包括运载火箭、载人飞船与货运飞船。

对当下的运载火箭系统，他本来就不是很满意。他认为主要问题有两个。

第一，成本太高，而且越来越高。从德国的 V2 火箭开始，发动机系统就基本上定型了。我们的“长征”系列火箭技术也有很多来自 V2 的遗传基因。相比之下，固体火箭发动机很简单，但是固体燃料的比冲较低，灵活性差，不能二次点火，很难做出大推力的火箭并适应变化的需求。

第二，重复利用的问题还没有解决。NASA 的航天飞机本来是想通过重复利用来降低成本的，结果却是成本很高，直到被停飞。

其实，成本和重复使用是一个问题，都是为了降低成本。

自从从国外参加会议回来之后，肖家远在工作之余，考虑最多的就是如何降低运载和飞船的成本。对商业项目而言，成本是除安全之外最重要的。

如果让运载系统考虑降低成本，从技术角度入手就是重复利用。如果让飞船系统考虑降低成本，显然也是重复利用。那么，当时航天飞机为什么没有做到呢？肖家远陷入了沉思。

回到家里，肖家远开始上网查询相关资料，他主要关注近 20 年来发射和回收失败的报道，包括两次航天飞机和大量火箭发射失败的资料。终于，他悟出了道理。

其实，困难都是源于地球。

首先，地球的引力大，需要大量的燃料用于离开地球表面，进入近地轨道。液体燃料最佳，具有高比冲和灵活性，但是发动机复杂且成本高，需要回收降低成本的主要是发动机。

其次，地球有大气层，回收时最大的困难是飞行器和大气层摩擦产生的热量，导致回收后这一层防护全部都得更换。航天器越大，防热层面积就越大，更换一次成本就越高，而且出现问题的风险也越大。

最后，大气流动不稳定，软着陆回收很难做到准确，无论是降落伞还是航天飞机，都要等好天气窗口。

而以上这三点在月球上情形就不同了。

如果将不需要每次都必须天地往返使用的燃料和设施留在空间段，并反复使用，就可以最大可能地降低成本。

这样，两个中转站，以及两个中转站之间的转运飞船都留在空间段。在地球轨道中转站和地面之间的天地往返部分仅保留最小的、必需的重复运输系统，就可以实现成本的降低。如果在海南发射，比较容易实现的发动机回收方式就是降落伞回收。但是对于游客来讲，载人飞船还是陆上回收的安全性和体验比较好。飞船本身可以重复使用，仅更换烧蚀层就可以了。而月球轨道中转站和月球表面之间的运输系统，因为没有大气，引力又只有地球的 1/6，就可以比较容易地做到重复利用。

这个大方案就这样诞生了。

肖凌宇一行人在驾驶员的安排下逐一经过气闸舱，进入中转站。这里有三个常驻在此的工作人员迎接他们。从月球回来的第 3070 批旅游团应该比他们晚一点儿到达，工作人员就安排他们先参观。这也是每个月球旅游团的固定项目。

这个中转站是一个有三个舱段的 T 字形小型空间站。从地面飞来的载人舱和其中一个舱段的对接口对接，同时带来液氢燃料和多人多天的生活给养。与它直通的另一个舱段马上将和第 12 号地月段飞船对接，交换人员，并补给燃料和装载给养。另一个舱段是工作人员的工作和生活舱，舱段的末端是应急救生飞船。

肖凌宇一行五人在工作人员的带领下，依次飘入这些舱段参观。最后回到将要和地月段飞船对接的舱段进餐，食物和饮料都是袋装的，比较简单，因为他们只是在此暂时停留一下，真正的月球之旅，要到进入地月段飞船后才开始呢！由于人员较多，他们都被安排靠在舱段一侧，并都系上了安全带，等待从月球回来的第 3070 批旅游团的 5 位团员。

几分钟后，第 12 号地月段飞船到达了，5 个乘员逐一飘入进来。看得出来，他们都兴奋不已，从表情中可以看到他们有种超越他人的优越感，以及实现了人生一大愿望的满足感。见到肖凌宇这个团，他们显得特别兴奋，好像历经千辛万苦回到了地球上一样。

其中一个人主动过来和肖凌宇握手，并说道："你好，你就是肖总的女儿吧？"

"你好！"肖凌宇感到十分诧异，他怎么会认识我？

"我爸爸和肖总是同事，是他让我把 3130 团的票让给了你，我就只好参加了提前 6 天的 3070 团，估计在这里能见到你。"

“两个团有什么区别吗？”肖凌宇不解地问道。

“还是有区别的，等你上去就知道了。”他故意卖了个关子。

“不过我也很幸运了，因为年龄问题，我爸爸来不了了，我的票是他给我安排的，不然我也没有这个机会到月球来旅行。这也算是代我爸爸走一趟，实现他一生的愿望了吧！我爸爸让我代他问你好，他很佩服肖总。”说到这里，这个人显得比较激动。

“那我先谢谢你了，也谢谢你爸爸。”除了这些，肖凌宇也不知道还应该说些什么。说到代父亲实现愿望，肖凌宇又何尝不是呢？这让她又想起了一件往事。

“怎么样，一切都好吗？”在与爸爸每周例行的视频聊天时，爸爸问肖凌宇，此时肖凌宇还在法国读研究生。

“挺好啊，我联系到了法国一家大型银行做毕业实习。我选择的是信息安全方向，这个方向到处都需要人。”肖凌宇看着视频中的爸爸说道。

“哦，那说明你自己的选择是对的，现在越来越多的问题出在信息系统上，一旦有漏洞，就会被不怀好意的人，尤其是那些黑客和窃取他人情报的人钻了空子。到银行实习很好，他们用的都是最先进的系统软件。”对于自己女儿的选择，爸爸总是十分信任并支持的。肖凌宇出国学习后，虽然选择了和爸爸一样的电子工程专业，但是在进入研究生阶段，就自己决定稍稍跨行转做信息系统工程了。

“会不会太累啊？你和爸爸一样，总是爱加班。”妈妈也加入视频聊天中，关切地问道。

“还没去呢，不知道累不累，不过你们放心吧，我会注意劳逸结合的。”肖凌宇一贯自理能力很强，确实也不需要爸爸妈妈操什么心。

“有一件事儿，爸爸想请你帮忙。”爸爸从妈妈手里接过手机，继续说道。

“什么事儿？”肖凌宇问道。

“就是那个法国童话《小王子》，有没有比较好的带插图的法文版，有的话，给我买一本。我正在学法语，边学边看，边看边学。”爸爸说道。

“没问题，我抽空找找看。”肖凌宇知道爸爸从 50 岁才开始学法语。毕竟年纪大了，学了忘，忘了学，但是爸爸一直在坚持学习。上次回国，还听到他能够说几句简单的日常用语了。

“我看了《小王子》的中文版，感觉写得很好。想看看原版，顺便学学法语。”爸爸补充道。

想到这里，肖凌宇有一点儿理解爸爸为什么要看《小王子》了，大概不仅仅是要学习法语的缘故，他也有小王子那样的情怀。小王子离开了自己的小星球，拜访了好几个行星，也到了地球，但他最后还是回到了他思念的、他自己的那个小星球上。

后来，肖凌宇买到《小王子》的法文版后，带给了爸爸，爸爸把他当作学习法语的工具书，看了很多遍，一直带在身边很多年。

按照肖家远的设想，中转站的接待能力是每 2 小时一次交接，这样每天最多可以交接 12 个旅游团。这主要基于安全上的考虑，对接需要时间，太频繁了容易出现碰撞。根据目前的导航和轨道控制技术，让下一个载人飞船在稍高或稍低的轨道上等待，将对接间隔调整到 2 小时是没有问题的。这样的话，就需要四十多艘地月段飞船在地月间穿梭，因为两天之间有最多 24 个团组，所以在月面驻留的旅客，两天时间最多也会有 120 人的规模。

想到这里，肖家远忽然觉得，这样的规模一定是一个国际化的公司，不可能中国搞一个，美国搞一个，而是应该集中力量搞一个，且规模是逐渐增大的。但是，从地面到地球轨道中转站的天地往返飞船可以各国自己制造，只要对接标准一致就可以，然后根据各国旅客的多少，统一安排发射窗口和频次。

涉及具体的商业模式，因为不是肖家远的专业，所以他还需要通过未来的公司进行具体的设计。

这时，距离肖家远最后一个任务的发射还有半年，他还有很多技术问题需要思考。

第四章　地月段飞船

夜里，你会看到那些星星，我的那颗太小了，我没法指给你看它在哪里。对你来说，我的星球是许多星星中的一颗。

——《小王子》，圣-埃克苏佩里

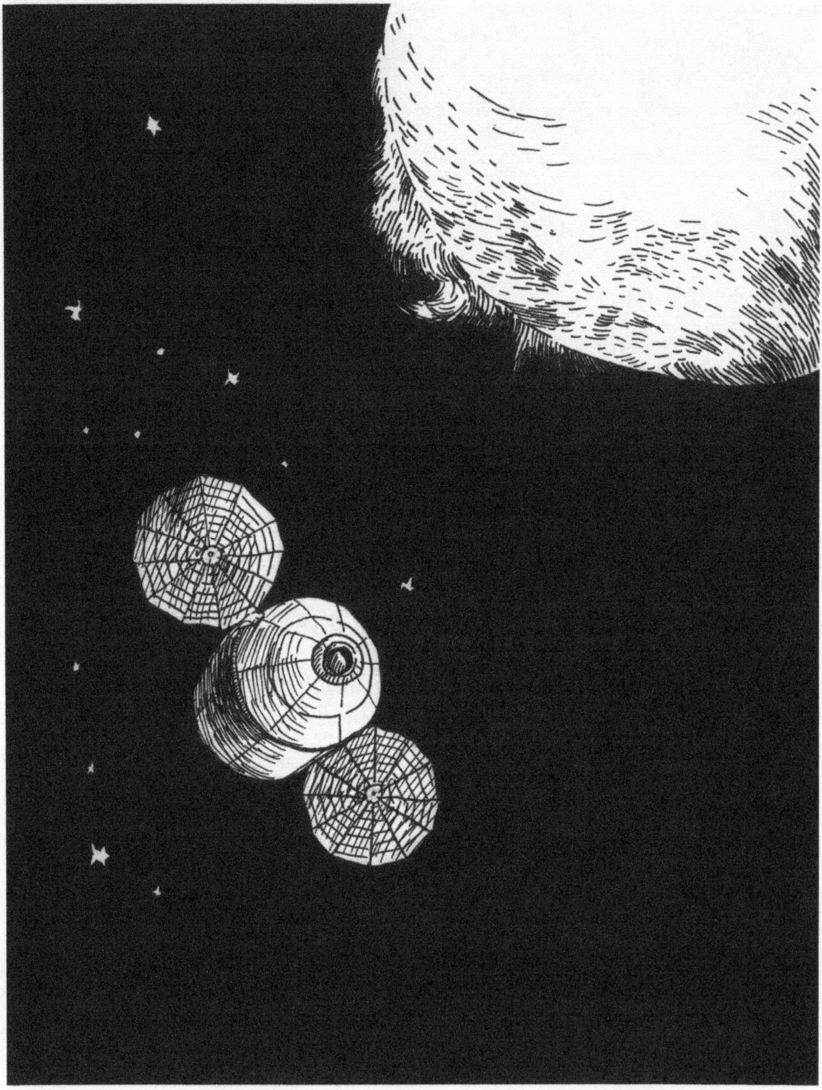

进入第 12 号地月段飞船，舱内既宽敞又明亮，里面共有 7 个人的座位，像飞机的公务舱，甚至是头等舱，其中两个是驾驶员的座位。与肖凌宇一行人从地面起飞的那个驾驶员将带领 3070 团返回地球。这两个驾驶员则专门负责驾驶第 12 号地月段飞船往返于地球和月球轨道两个中转站之间，两个人倒班工作。其实，他们的工作并不累，所有飞行都是自动导航和对接的，只是在遇到紧急情况时，才需要他们的介入。

由于采用了持续加速飞行的模式，因此两天时间中，大部分时间是有一点儿重力的，这也给大家带来了舒适感。入夜后，仍会有 6 小时的零重力，但是因为这个时间段大家都处于睡眠中，所以基本感觉不到。仅仅在飞船掉头减速时，以及和轨道中转站对接前后，会让人感受到片断的零重力。这样的设计多亏了燃料来自于月球，而不是地球，不然成本会大大增加。

除了值班的驾驶员专座位于第一排中间外，其他人的座位都位于两侧舷窗边。透过窗户，可以看到黑黑的太空和灿烂的繁星，阳光从一侧窗户斜着照进来，尽管舷窗上有一层减光膜，但还是让人感觉很温暖。这道阳光将伴随整个两天的地月段飞行，但是会随着飞船缓慢地自旋，从这边舷窗转到另一边舷窗，再转回来，使飞船均匀受热。飞船中间是较宽的通道，安有把手。由于飞行方向与通道方向一致，所以人坐在座椅上有种躺在座椅上的感觉。如果在通道中移动，比如从后排挪到前排，需要用力抓住把手，就像向上爬一样，但是由于加速度很小，所以移动起来并不吃力。

坐在座椅上后，飞船开始加速，肖凌宇这才发现座椅实际上是可以转动 90 度的，可以将重力方向调整到向下，这时几排座椅就成了“楼上楼下”的状态。放下小桌板，就可以吃东西，甚至可以喝汤和饮料，而不会洒出来。

很快，用餐时间到了，此时距离离开地面已经过去 4 个多小时了。值班的驾驶员给大家每人发了一个餐包，按照指示的方向平放在小桌板上，再把拉锁打开，一套正餐就出现在了大家面前。

洗手间位于飞船尾部，按照培训时讲的，它只在飞船加速时开放使用，因此，大家需要合理安排好自己使用洗手间的时间和频率。这是因为，有重力时，洗手间使用起来最方便，也最节省能源。当然，在零重力时，洗手间也可以使用，但是必须按动气泵的按钮加负压后再使用，不然会很麻烦。

用过餐后，大家把餐包的拉链拉上，由驾驶员收走。此时，距离就寝还有大约 3 小时的自由活动时间，大家可以在座位上阅读，欣赏飞船娱乐节目，也可以在通道中前后移动，或上下移动，这取决于大家如何调整自己的座位角度。

此时，那对夫妻旅客早已兴奋得不得了了，开始摆各种姿势自拍。那个阿拉伯乘客与肖凌宇隔着通道而坐，位于肖凌宇的右侧，他此时也兴奋地在和地面亲友视频通话。与地面连线视频通话这个服务是需要定制的，价格不菲。视频通话结束后，他开始和肖凌宇搭讪。

“我叫穆哈穆德，来自阿拉伯联合酋长国，您贵姓？”阿拉伯乘客用英语问道。

“我叫肖凌宇，你好，欢迎你乘坐中国的飞船去月球旅店。”肖凌宇用流利的英语回答道。

“很高兴在这个不一般的旅行中认识你，你为什么参加月球旅行呢？你是太空爱好者吗？”穆哈穆德继续问道。

“也是，也不是。我爸爸是航天工程师，从小我就听说过一些他们的项目，我自己是一个 IT 工程师，在银行工作。”肖凌宇回答道。

“哦，在银行工作，那一定很富有，可以付得起这么高昂的月球旅行费用。我是太空‘粉丝’，从小就对人类进入太空的各种项目感兴趣，最感兴趣的就是载人登月。”穆哈穆德继续不停地说。

“我出生的时候，‘阿波罗计划’都过去 40 年了，我上小学的时候问老师，为什么人类放弃了继续载人登月呢？老师说‘阿波罗计划’是政治任务，政府想花多少钱都可以，但是政治上不需要了，就没人能花那么多钱了。我说那我们人类如果没有政治需要，就不会离开地球摇篮了吗？老师告诉我，那要看技术的发展情况，如果成本降下来了，还是可以去的。老师还对我说，等你长大了，也许这些就都不是问题了。你看，我这不是来了吗？”穆哈穆德大笑时，露出了白白的牙齿。

“我们都很幸运，赶上了技术大爆炸的年代。”肖凌宇接着说。

“我觉得还有一个原因，就是有人开辟了商业航天这个领域。其实去月球，并不仅仅是国家在政治上有需求，展示国家的技术能力，或争个谁胜谁负，一般的百姓也会有需求，很多人都想体验一下太空旅游。还有人根本想象不到那是什么体验，但是如果有人去了，并告诉他体验很奇妙，就会有更多的人想去体验，对吧？”穆哈穆德好像也是很有经济头脑的一个人，肖凌宇想。

“那倒是，因为有了商业盈利，就可以继续投入，滚动发展下去。但是我听说开始的时候，很长一段时间都不赚钱呢！”关于这点，肖凌宇是听爸爸讲的，在他刚刚起步做月球旅店项目时，投资商都非常谨慎，他们都不愿意看那么长远，等待市场发展起来。

“商业的发展模式也是逐步成熟的。你看我这次来，就不是我自己出钱买的票，而是一家互联网公司为我提供的票，他们同时买了 100G 的数据通信流量，让我在旅途中直播，他们则在网站直播的同时卖广告位置，把票钱又赚回来了。这不是大家都受益了吗？”穆哈穆德得意地说。

“我利用了我的太空‘粉丝’身份和知识，互联网利用了我的现场直播可以吸引大量观众，广告商利用了互联网平台的在线观众数量，产品商利用这个机会做产品推销增加产品销售量，网络观众看了我的直播，不但增长了见识，而且如果购买广告产品，还可以享受他们以前没有获得的高质量的产品和服务，你看这个价值链就完整了，大家都有所收益了。这就是商业成功的精髓，No loser，没有人吃亏。”穆哈穆德越说越兴奋。

肖凌宇这时陷入了沉思。是啊，当时爸爸退休时，说想做月球旅店，实际上他的工作是搭建一个大平台，有了这个大平台，很多人都可以从中受益。这个大平台或者叫基础设施，太重要了。

“我其实也不是自己付费的旅客，我爸爸就是建设这个月球旅店的工程师，他已经过世了，他临终前为我安排了这次旅行，我是来实现他的遗愿的。”肖凌宇如此解释道。

“哦，那非常感谢你爸爸。这个工程很浩大，只有中国人可以做到。但是中国人并没有把他搞成政治工程，而是把它对外开放，搞成了一个国际化的项目。目前的运营公司完全是国际性质的，我们国家也有一个商业公司持有股份呢！这也是我选择乘坐中国的飞船而不是美国或者其他国家的飞船来旅游的原因。”说完，穆哈穆德的脸上露出了赞美的神色。

“谢谢你。”肖凌宇由衷地说道。

六天的月球旅行，只有两天是在月面上，其他四天都在旅途中。肖家远不是搞旅游的，在他的设想中，地月段飞船要飞两天的时间才能到达月球轨道中转站。对于旅客来讲，两天时间是不是太枯燥了？能不能把这往返的两天时间利用好，让游客有更好的体验？

为此，他找来了在旅游公司工作的朋友江小航请教。他是肖家远的中学同学，后来学了外语，在一家大型旅游公司工作，这几年在做时髦的海上邮轮旅游。

他们约在城里的一家咖啡店见面，这里的气氛比较自由、轻松，此时还没到吃中午饭的时间，里面零零散散地坐了几个人。“上次聚会还是两年前的春节吧，你现在的邮轮业务如何了？”肖家远开门见山地问道。

“还不错，业务增长很快，很多旅客是老年人，他们退休了，也有闲钱，就想到处走走。”江小航一边品着咖啡，一边看着肖家远，可能他正在琢磨肖家远此次找他的目的。

“别这么看着我，我不是想找你打折的，我也还没退休呢！”肖家远开玩笑地说道。

“哪里哪里，老同学如果想去走一趟，我一定给你最低价啊！”江小航说道。

“直奔主题吧，我在做一个项目，就是设想要在太空长时间地航行。我想请教一下，你是怎么安排邮轮活动的？在船上待好几天，每天看的都是一模一样的大海，游客不会感到单调和不耐烦吗？”肖家远直接抛出了自己想知道的问题。

“哦，这个嘛，是挺难的。”江小航慢慢道来。

“常规的做法是，我们会安排大家看电影、做游戏、品尝各种风味的大餐、游泳、健身等，基本上是所有能想到的吃喝玩乐项目吧！”江小航继续说道。

“这样啊！”肖家远陷入了深思。好像这些活动项目都不适合飞船旅行，飞船上的空间那么小，补给那么困难，成本那么高，怎么搞呢？

“我们的一艘邮轮上有上千人，有时几千人，每个人的需求都不一样，必须尽量满足每个游客的各种需求。你们呢？多少人？都是什么人？”江小航问道。

“我们的一次飞船之旅只有五六人。”肖家远有点儿不好意思地说道。

“这样啊！”江小航听后禁不住笑起来了。

“那当然不能和我们一样了，不过，你们的旅客可能都比较富有吧！他们的需求是什么呢？”江小航到底是搞旅游的，一下子就问到了点子上。

“是的，这些旅客应该都比较富有，他们中的一些人应该早就经历过邮轮旅游了。”肖家远补充道。

“我觉得你们应该利用环境的优势，比如，在旅途中可以看到太阳，看到地球，看到星星什么的。”江小航好像想到了什么，坐直身板说道。

“我们前不久做了一个项目，还是很受游客，尤其是知识分子欢迎的。我们邀请了一位科学家，到邮轮上开设了一门科学普及课，就是天文知识普及课，比如，晚上如何在船上观测星星？到了南半球的海上看不见北极星，如何辨别方向？如何在天空中找到南十字星？他同时还讲了很多宇宙知识。”江小航觉得肖家远一定会对这个感兴趣。

“哦，这个很有意思，我们的航行就是在太空中行走，窗外就是繁星、太阳和地球。”肖家远也兴奋了起来。

“对啊，这是在地面上无法获得的体验，你应该让你的乘客了解天文知识，然后看到书本上学到但在地面上看不到的现象。这就是旅游的体验。两天时间并不长，毕竟中间还有休息时间。我们的邮轮一出海就是一两周呢！”江小航伸手拍了一下肖家远的肩膀。

“谢谢你，小航，我也许还会找你聊更多的事儿，你就算我们旅游内容的设计人啦！”肖家远高兴地也拍了拍江小航的肩膀，两个人会心地大笑了起来。

肖凌宇还在深思中，突然广播中传来一个亲切的女声，应该是事先录制的声音。

“各位乘客，大家好，我们现在正航行于地球与月球之间的轨道上，我们的右前侧就是太阳，请大家不要裸眼直视太阳，可以按动舷窗下面的调节器，将舷窗遮光膜的深度调到最深，再直接观测太阳。坐在左侧的乘客，可以离开座位移动到右侧舷窗边观看。”

肖凌宇离开座位，凑到穆哈穆德旁边，透过舷窗看到了一个红彤彤的太阳。

“太阳是宇宙中一颗普通的恒星，目前正处于中年阶段，其内部由于高压正在发生大量的核聚变反应，产生大量的光和热，如果我们仔细看看太阳表面，就可以看到上面的黑子；如果正赶上太阳剧烈活动期，我们还可以看到明亮的闪烁，也称为太阳耀斑；也许我们还会看到太阳向外喷射物质，我们也叫它日冕物质的抛射。这些剧烈的活动每 11 年出现一次高峰。目前虽然并不是处于太阳活动的峰年，但是大家仍有可能看到我所说到的爆发现象，这些现象在地面上是看不到的，除非借助特殊的望远镜。”

“我们的飞船飞行在太空中，不会出现地面上的白天和黑夜，是连续观测太阳的最佳位置，因此，请大家随时欣赏太阳上面的美景。如果大家想进一步了解太阳的知识，可以通过飞船上的影音系统观看有关太阳的专题片。谢谢大家。祝大家旅途愉快！”

肖凌宇回到了座位上，她没有观看有关太阳的专题片，而是选择了一部火星题材的科幻片。看完后，她将座椅调整到水平位置，感到比飞机的公务舱都要舒适，飞船上的噪声要小得多，也没有明显的振动。很快，她便进入了梦乡。

第五章　到达

重要的东西是看不见的……

——《小王子》，圣-埃克苏佩里

月球旅游的第二天和第一天一样，让人感觉非常舒适。中途，飞船上的广播又向大家系统地介绍了有关宇宙、银河系和太阳系的知识，并且引导大家观看了银河、金星、火星、木星和土星。最壮观、最震慑人心的是银河。肖凌宇曾经在地面上见过两次壮丽的银河：一次是在西藏，他们住在拉萨城外的一个宾馆，晚上天气情况良好，导游带他们来到一片远离城市灯光的开阔地带，壮丽的银河一下子就呈现在了他们眼前；另一次是到智利旅游时，有天晚上的旅游项目就是观看银河。这次在飞船上观看，肖凌宇看到的银河似乎更加壮丽，尽管隔着舷窗，还是可以见到那么多的繁星。

此刻，飞船又处在了零重力环境下，进入了月球的轨道。驾驶员要求大家回到各自的座位上坐下，系好安全带。通过舷窗，可以看到外面灰色的月球表面，一个一个的环形山，还有大片的平原，也叫月海。

不久，驾驶员通知大家，马上就要和中转站对接了。

只感到轻轻的一次振动，对接就完成了。驾驶员已经在地月之间往返无数次了，再加上自动导航，对接对他来说已经变成程序化动作了。

驾驶员打开舱门，安排乘客们依次通过气闸舱。肖凌宇依然是最后一个飘入月球轨道中转站的。这里和地球轨道中转站几乎完全一样，只是舱壁上多了一些月球形象的装饰，比如游客在月面上的照片等。从月球返回的第 3090 批旅游团已经等候在那里了，和在地球中转站时一样，他们被固定在舱壁上迎接大家，和肖凌宇一行人依次击掌打招呼。这些游客还要经过两天的旅途才能返回地球，所以没有上次见到那批人那么兴奋，但是也能从他们的眼神中感受到获得满足的感觉。

肖凌宇一行人依次进入对接着月球载人舱的舱段，还需要在这里等待一小会儿。按顺序，3090 团离开后他们才能离开。第 12 号飞船正在卸载给养，并转移到月球载人飞船上，然后加注燃料，大约耗时半小时。这一切都是在舱外自动进行的，有一个工作人员在屏幕前时刻监视着自动装卸的过程。

月球中转站和地球中转站的设计基本一致，操作也基本一样。肖家远当初在总体设计时就考虑到了保持一致对减少成本，以及维修和更换设备的重要性。这里和地球那边一样，每天需要接待 10 次左右的旅游团组交接，每次交接都是标准的程序，自动化操作。当然，与工作舱段连接着的应急载人舱是为在月球着陆设计的，这一点和地球轨道中转站的那个不同。如果出现问题，工作人员将会搭乘它着陆到月球旅店的着陆场，那里有更完善的应急条件，比如有医生和必要的医疗设施。

如果要建月球旅店，建在哪里最合适呢？这也是肖家远考虑的一个重要问题。当然是建在月球朝向地球的这一面，而不是背面。但是，建在南纬还是北纬呢？经度居中，也就是建在经度零度左右，还是偏东或偏西一点儿？

在征服新大陆的过程中，人类都力争抢占最好的地点，包括土地肥沃；资源丰富；气候适中，不太热也不太冷；雨水充沛；交通方便，如河流、入海口等地。那么，月球上的最佳位置在哪里呢？“我们公司如果是第一个在月球上建设旅店的，就要选择最好的地方。”肖家远这样想。

为此，肖家远列出了一个清单，这里有几个需要优先考虑的因素。第一，着陆方便，也就是月海处最好，平坦；第二，便于建设和游客出行，也就是便于机器人和月球车行走，因此也是月海处最好，平坦；第三，便于提取能源，也就是当地的月壤中氧化物要丰富，并含有其他各种稀有元素，有利于建设材料就地利用和提取燃料，还是月海好，这里月壤厚度很深；第四，便于观景，最主要的是便于观看地球，那么就不能纬度太低，否则地球在中天，必须仰着头看，太累了。因为从月球上看地球，地球在空中的位置是不变的，不像在地球上看月球，有月升和月落。如果地球位于高仰角的位置，游客总是要仰着头看，太累了。因此，应该是中纬度地区，地球的仰角最好在地平线，应该叫月平线上30～40度高度上；第五，北纬地区，这样，人看到的地球，符合我们地球人看地图的习惯，上北下南；第六，附近20～30千米内就有比较高的山脉，也是为了观景，使得月面上的游客和旅店建筑在近景、山脉在中景、地球在远景，构成富有特色和魅力的景色。

还有一个特别需要考虑的问题，就是宇宙线和太阳爆发时的辐射防护问题。根据这些年人类对太阳活动的认识，在月球运行的轨道上的高能量粒子与地球磁层外的辐射通量一致，人类在一般防护下是可以接受的。在太阳活动峰年时其通量会增加，特别是在太阳爆发时，通量会上千倍地增加。因此，选址时最好能够找到自然防护的屏障。这时，肖家远想起来，前几年有人开展过寻找月球地下涵洞的工作，这些涵洞是在月球早期火山岩浆流动后形成的。他找来了相关的雷达观测数据，最后发现了一处涵洞就在北纬 40 度、西经 7 度附近的雨海东面。如果将旅店建在涵洞上面，就可以将涵洞作为庇护所，当发生太阳辐射的大爆发时，从地球上的空间天气预报中心获得信息，旅客和工作人员就可以提前进入涵洞寻求庇护。在发生流星雨的时候，也可以将涵洞作为庇护所。

为此，肖家远从中国科学院要来了雨海附近的 2 米分辨率的遥感图，仔细研究了涵洞周围的环境。最后，他选择了涵洞附近的一个地方，其东南方向二十几千米处就有山脉，景色优美。中国的“嫦娥三号”就在附近的虹湾着陆过，这里也有非常丰富的月壤数据，可以进行燃料提取。

人类的第一个月球旅店，就叫月球雨海旅店吧！

很快，肖凌宇他们就被引导着再次穿上舱内宇航服，并依次进入了月球载人舱，每个人的座位号和来时一样。从内部设置看，这个月球载人舱与从地面起飞时的载人舱没什么区别，乘员也是分坐在两层，驾驶员依旧坐在上层。经过一次轻微的振动和加速之后，载人舱离开了中转站，预计 2 小时内就可以着陆月面了。

透过侧面的小舷窗，肖凌宇看到月球的环形山从眼前快速地飞过，她依此判断现在距离月面很近，看到的月面一会儿一片漆黑，一会儿又在明亮的阳光照射下。有趣的是，虽然在逐渐地下降，可以听到耳机里传来的驾驶员的声音，以及和月面着陆场的通话声，但是从舷窗往外看到的月面景色却是一样的：大的环形山中间部分变成平原，又出现了很多小的环形山，看不出有高度的不同，感觉景色是一样的。

渐渐地，肖凌宇感觉到了向下的重力加速度，载人舱在减速，在垂直往下降。

自动化的控制技术，已经可以将着陆点精确到米，精准程度远远高于在地面上着陆。这是因为月球上没有大气，而且对其重力场的测量已经越来越准确了。

透过侧面舷窗，肖凌宇可以看到载人舱逐渐降落到了一个圆形的容器中，最后只能看到火光，没有看到有月尘扬起。很快，载人舱轻轻振动了一下，随后停稳，一切都安静了下来。

这个圆形的起飞、着陆场直径大约为 10 米，完全可以确保载人舱精准地降落其中，它的设计可以最大限度地隔绝月尘对旅客的影响。安全着陆后，装置顶部的一个密封盖随即盖上，使得整个装置变成一个气闸舱。按地球大气成分合成的大气将很快充满其中，确保乘员出舱时，能够处于地球大气环境中。

这时，耳机中传来驾驶员的声音：“欢迎第 3130 批月球旅行团来到月球雨海旅店，请大家打开面罩，依次出舱。”

尽管对于这个画面，肖凌宇已经在脑海中想象了无数次，但是当这一刻真的到来时，肖凌宇还是控制不住激动的心情。爸爸为之奋斗了多年的工程，他却没有机会来到这里，现在自己代表他终于来到了月球雨海旅店。

“爸爸，你的愿望实现了。”肖凌宇把右手放在胸口，在其他人先后出舱的片刻，心里默默地念着。

这次打开的不是对接舱口，而是侧面舱门，同在地球上起飞前进来的时候一样，可以走出去。但是可以明显感觉身体轻飘飘的，稍稍用力，就能跳起来。肖凌宇按照驾驶员的指示，每走一步都紧紧地抓住旁边的把手。

舱外的圆筒内灯光明亮。驾驶员引导大家，走进边上的一个门，打开后，就进入了一个长长的通道，这里仍然灯光明亮，高度较高，可能是担心刚到此地的人不适应，会弹跳起来碰到头。通道两侧放满了各种与月球相关的艺术品、照片等，其中有一些是来过酒店的名人照片。肖凌宇可以认出几个人，其中还有某国元首的照片，显然是退休后来过这里。

走了大约 500 米远，这个距离也许是酒店和起飞、着陆场的安全距离，他们来到了月球雨海旅店的前台。这里有 5 个人刚刚办理完退房手续，主要是核对一下他们在房间中消费过的饮料和食品。

一定是天价，肖凌宇想。

大家都没有携带大件行李，与肖凌宇他们一样，每个人只随身带了一个小包，重量不超过 2 千克，主要是内衣和洗漱用品，其他物品都由旅店提供。

“Bye Bye！Enjoy your time（再见，希望你们在此度过美好的时光）!”前面的那个团办理完退房手续后，一个外国人用英语向肖凌宇他们告别。他们走后，就轮到肖凌宇一行人办理入住手续了。

“你好！肖女士，欢迎来到月球雨海旅店。您是我们旅店的特殊客人，我们为您安排了这里最好的房间，您可以 24 小时尽情地回望地球，借助房间里的望远镜，您还可以看到长城呢！”前台的服务员显然知道肖凌宇的身份，因而格外关照她。

“谢谢你们啦！”肖凌宇伸手接过了房卡，按照指示方向来到自己的房间。

第六章　情怀

第七颗星球，就是地球。

——《小王子》，圣-埃克苏佩里

月球雨海旅店共有 120 个房间，分布在 10 个通道内，每个通道有 12 个房间，都在朝向地球的那一侧，分大床房和标准间两种房型。旅店安排给肖凌宇的是一间大床房，里面的设施和地球上的普通酒店基本一样，也有一个独立的卫生间。

一进入房间，肖凌宇就看到一个大大的落地窗，现在正好是月夜期间，窗外迎面就是硕大的地球，比从地球上看月球要大将近 4 倍。这时正临“满地”时间，对应地球上的满月，整个地球是一个完整的圆形，反射到月面的日光很强，所以虽然此时是夜间，但月面上并不是很黑暗。

眼前的这个景色，彻底震撼到了肖凌宇，她站在落地窗前一动不动。此刻，她突然明白了在地球中转站时，那个认出她的人，也就是把 3130 团的票让给她的人对她说的话。只有肖凌宇所在的这个团的时间是最好的，可以看到“满地”的景色，而且只有这两天。

这时的地球正好是北美洲的正午，墨西哥湾依稀可见。

在大西洋上，好像有一个气旋正在形成。

南美洲几乎晴朗无云，安第斯山脉的走向非常清晰，智利、阿根廷的南部深深地向下进入南极方向，逐渐消失。

北美洲则是大部分被云覆盖，其中，美国西南部有晴天的区域，黄色的土地、沙漠的颜色非常鲜艳。

由于正值夏季，甚至都可以看到北极地带的冰雪层，闪闪发亮。

太平洋沿岸也基本无云，温哥华到西雅图一带的海岸非常清晰。

地球的左边边缘处，似乎夏威夷正在进入视野中。

肖凌宇挨着床边坐了下来。太美了！她发自内心地再次感慨道。这也许就是爸爸一直想要看到的景色吧！心怀这样一种理想和情怀，任何困难应该都是可以克服的。肖凌宇在心里再次为爸爸默默地祝福着。

“不能放弃月夜!”肖家远坚定地说道。

在月球旅游开发公司总部的会议室，正在热火朝天进行的是关于工程二期的方案讨论。这时的肖家远已经 70 岁高龄，身份仍然是公司的总设计师，也叫 CTO。

月球旅店即将开业了，但是经过运行部门的核算，单张票价仍然在 500 万美元，居高不下，主要原因有两个。

第一，中转站的接待能力有限，最短的间隔时间是 6 小时，每天最多接待 4 个团 20 人。6 天滚动起来可以接待 120

人，但是只有 40 人可以住在月面上，另外 80 人则分布在奔月和返程的路上。由于票价仍然在 500 万美元，即使是这个客流量，估计也不能达到。

第二，月夜期间，因能源问题，必须将大部分人员撤回，关门停业，因此整个系统的利用率将下降。只能让旅客在月球中转站暂时停留 2 小时，然后就返回地球。因此，预计票价将不得不降低到 300 万美元一张。

因此，在讨论工程二期方案时，主要目标就是如何提升月球旅店的利用率和盈利，进一步降低票价，扩大市场规模。而其中最重要的是设法使旅店在月夜也可以营业，技术上面临的主要困难是如何解决能源问题。

讨论中涉及两个能源方案，一个方案是利用核能，小型核电站技术已经接近突破，再过 3～5 年就可以送到月球上去。尽管技术比较成熟了，但是如何确保安全仍然是问题所在，因而大多数游客和国家都无法接受这个方案。另一个方案是利用轨道太阳能发电，再无线传输到月球旅馆。在地球上，这个方案曾经作为一个清洁能源方案论证过很多年，但是如何传输到地面的技术一直没有解决，主要是大气、电离层的问题。航空航道如果经过传输通路，将会被大功率微波干扰。而在月球上没有大气，应该可以使用这个方案。问题是用于接收微波能量传输的天线成本较高，要想使电站的空间部分长时间被阳光照射，轨道就需要设计得比较高，这样传输距离就比较远，微波传输波束在月面的照射面积也比较大，为保证安全，还不能照射到旅客居住的区域，因此，需要在距离旅店较远处建设大面积的接收阵列，再把电能传输到旅店。

第一个方案的安全性不够，第二个方案的经济可行性不够，因此，在讨论会上，很多人都主张放弃月夜，宁愿在有限的月日那 14 天的经营上想办法。

肖家远这时再次发言了。

“不能放弃月夜，不仅仅是因为经济上的考虑，还因为旅客体验上的考虑。”肖家远继续讲道。

“什么体验？难道黑夜里大家更愿意去月面旅游吗？”有人如此质疑道。

“大家想一下，月夜时，地、月、日的关系是怎样的？特别是 14 天月夜的中间那两天，月球正好运行到地球和太阳中间，这时在月球上看到的地球将是‘满地’，哦，就是我们在地面称作‘满月’的那两天，暂且称作全顺光侧吧！

在这几天里，游客将看到最美丽的地球。24 小时中，他就可以看到全世界的任何一个地方，特别是看到自己的国家，自己的小家。这个体验只有在月夜才能获得，不是吗？”

肖家远稍稍停顿了一下，拿起杯子，喝了一口水，又接着说：“想想看，无论是阿波罗宇航员，还是其他国家的着陆器从月球上拍到的地球的照片，为什么都是半个地球被太阳照亮呢？就是因为在月球的白天，月球的位置只能处于地球的一侧，甚至地球的背阳面一侧，或叫全逆光侧。”

肖家远干脆站了起来，在会议室的白板上画了一个示意图，包括太阳、地球，以及围绕地球的一个圆圈，代表月球的轨道。然后，他把月球标注在几个不同的位置上，分别是月日、月晨侧、月夜侧和月昏侧，还特别注明了哪里是全顺光侧和全逆光侧。这两个点就在日地连线上，一个在地球和太阳中间，另一个在地球远离太阳的另一侧。

这一下，大家就都明白了。

“将我们的旅店建在面向地球这一侧的雨海边上，不但是为了方便和地球通信联系，更是为了让游客观赏地球。而失去了月夜，也就失去了观赏地球最佳的那几天。”肖家远说完这番话后，回到椅子上坐了下来。

“可是成本的问题怎么解决？我们可以提高观赏最好的景色这几天的票价吗？”一个市场方面的专家似乎找到了好办法。

“首先还是应该从技术上想办法。”肖家远深思片刻后说。

“我们可以想一想，在地面上为什么用微波作为传输频率？困难是什么？当时选择微波的技术方案，主要是为了穿透云层的阻隔。而在月球上，没有云，为什么不能直接用光呢？就是直接从轨道上把太阳光反射到月球旅店在月日时用来发电的太阳能帆板上。即使阳光照射到旅店生活区域，也没关系，反而增加了照明的亮度。”肖家远再次走到了白板前，他将刚才的草图擦掉，重新画了一个月球，还在月球上标出了月夜的阴影，然后他画了一个大椭圆轨道，其远月点距离月球较远。

“你们看，如果我们把轨道提升到3000千米，就可以在99%以上的时间内获得阳光的直接照射，这是我昨天从轨道工程师那里拿到的数据，我们再把它反射到处于月夜的月球旅店这里。”肖家远接着在月球阴影区画了一个小圆点儿。

“当然，月球轨道上的太空电站实际上也就是一个可控的反射板，在轨道上运行，并能够连续给月球旅店提供照射，每天都可以提供5～6小时的照射时间。当然，我们还需要加大一些太阳能帆板的面积，并增加一些蓄电池。”他继续说道。

“但是，这比采用微波传输的方案要经济得多。”肖家远讲完了，显然他是有备而来的。

“很好，我们应该根据肖总的意见再进一步论证，请各部门都在这个基础上做一个新的方案出来。”说话的是月球旅游开发公司的董事长林浩明，他曾经是肖家远单位的一把手，后来调到国家航天局任副局长，退休后接受了投资公司的邀请，来此担任董事长。

“今天的论证会到此结束，散会。”林浩明宣布散会。

“你真的有把握吗？”林浩明一把将肖家远拉住，迫不及待地问道。

“基本有把握，至于大反射镜的姿态问题，我还没有得到最后的确认数据。但是，凭我的经验判断，应该是可以解决的，所以我才抛出了这个方案。”肖家远与林浩明面对面地站在会议桌面前，坚定地对林浩明说了这番话。

“好吧，如果这个问题解决了，我相信我们的月球旅店一定能够成功的。”林浩明对肖家远的技术能力还是非常有信心的。两人紧紧地握了一下手后，便离开了会议室。

肖家远早就收到了女儿寄来的法文版《小王子》，但是能够拿出相对完整的时间来阅读的机会并不多。这几天，他在卫星总体参加总装测试，有一些空闲时间，就把这本书带来了，同时带来了该书的中文版。

中文版的《小王子》他早就看过，很喜欢里面的小王子。其实，肖家远也是一个童心未泯的人。

肖家远阅读《小王子》法文版，一方面是为了学习法语，另一方面也是想通过阅读原文品味一下小王子说的那些话中蕴含的深刻含义。

从美国开会回来后，肖家远就开始谋划月球旅店的整体构架。驱使他想做这件事儿的，并不是什么谋求商业利益发大财，也不是给自己退休后找一份自由自在的工作，而是想实现自己将普通人送入太空的理想。换句话说，就是想尽己之力加快人类进入太阳系的步伐。虽然他不同意在美国那次国际会议上那个商业航天大亨移民火星的想法，但是他认为让人走出地球去看一看是非常有必要的。但是人最终还是要回到地球并保护地球的，就像小王子一样，最终还是要回到自己的星球，毕竟那里有他的玫瑰花。

第七章　家

你晚上仰望天空时，因为我住在其中的一颗星星上，因为我会在其中的一颗星星上笑，你会觉得所有的星星都在笑。你将会拥有会笑的星星！

——《小王子》，圣-埃克苏佩里

当你仰望天空时，那天晚上，因为我住在其中一颗星星上，你将拥有
Quand tu regarderas le ciel, la nuit... puisque j'habiterons
dans l'une d'elles ... Tu auras, toi, des étoiles qui savent rire!

肖凌宇一觉睡到北京时间的天亮，室内灯光自动地慢慢调亮了。

根据月球旅游开发公司的设计，来自中国的旅行团，在旅途中提供中文讲解服务，在酒店由会说中文的服务员负责接待，饮食起居时间也遵从北京时间进行。同样的，如果游客乘坐的载人飞船在美国发射，旅行团来自美国，则全程提供英文服务，饮食起居相应按照美国东部时间进行。而欧洲的旅行团，则会根据团员的国籍，分别提供英语、法语、德语、意大利语、西班牙语等语种的服务。旅店中的服务员配备的也是会多种语言的服务员。来自日本的旅行团接受日语服务，依此类推。

因为很少只有同一个国家的游客集中前来，所以平时在旅店内看不到 120 人同时活动的场景。

肖凌宇简单洗漱后来到餐厅，在这里用餐的主要是本团的人。来自中东地区的穆哈穆德还没有出现，因为中东时间比北京时间晚 4 小时，他此时应该还在睡觉。肖凌宇取餐后，主动坐到了同团的那个单身女孩旁边。

“阿姨好！我叫周橙，橙子的橙，您可以叫我橙子。”女孩儿自我介绍道。

她看上去 30 岁左右，干净的脸庞，显得比较精干，经历丰富。

“您为什么一个人来这里旅游呢？”橙子直截了当地问道，两眼看着肖凌宇，试图从肖凌宇的眼神中猜出她的身份和经历。

“橙子，挺好听的名字。你不也是一个人来的吗？”肖凌宇没有直接回答橙子的问题，反问道。

“我嘛，很简单，我喜欢到处旅游，也许是因为太爱旅游了，所以一直单身；也许是因为单身，为了给生活找一个目标，就到处旅游。”说完，她冲着肖凌宇笑了笑。

“哦？那你一定是全世界各个角落都走遍了吧？不然怎么会花这么多钱来月球呢？”肖凌宇接着问道。

“差不多吧！我爸爸妈妈很支持我周游世界。这次来月球的费用是爸爸妈妈资助的，但是在地球上旅游的费用，基本上是用我自己的钱。我平时写写游记，可以获得一定的稿费。您看过《津巴布韦的民族》，还有《斯瓦尔巴德的中国主权》吗？那都是我写的。”橙子说到这里，看了看肖凌宇，有一点儿骄傲的样子。

看来橙子确实去过不少地方，像斯瓦尔巴德岛，不知道她是如何去的，好像也没有旅游公司专门组织去这种地方旅游的，可能她都是自助游吧！但是，橙子说的这两本书她确实没有看过。

为了不让橙子失望，肖凌宇说道：“好像有印象，听别人说过。去这些少有人涉足的地方旅游，也要花不少钱吧？”

“确实，比如我到非洲待一个月，差不多要花掉20多万呢！所以我对爸爸妈妈讲，去月球旅行价格不贵，也就是我去二十几次非洲的费用，他们就给我买了票。我知道这两天的团价格稍稍高一点儿，因为这段时间可以看到地球的‘满地’景色。我就是冲着这个来的，我想在月球上找到看着我们国家、我的家的感觉。”橙子继续说道。

“是的，我的票是爸爸十年前就给我订好了的，我也不是自己花钱买的票。”这时，肖凌宇才回到橙子一开始问的问题上了。

“我爸爸是设计这个旅店的工程师，但是他自己没有机会来了，他给我预订了这张票，就一张。我来帮他实现心愿了。在爸爸的老同事们的帮助下，特意安排我这两天前来，让我看看‘满地’的美景。”肖凌宇觉得眼前这个女孩子挺单纯和直爽的，就把自己此行的背景也告诉了她。

“这样啊，那真是太感谢您爸爸他们这么用心的设计了。我的房间里有一个望远镜，我昨天一到，就用它看了看美国，但是只有西雅图那边是晴天，在望远镜下能清楚地看到雷尼尔雪山。一会儿地球转过来，我们就可以看到中国了，我们一起去大望远镜观测台，好吗？”橙子兴奋地说着。

“大望远镜观测台？”肖凌宇好奇地问道。

“是啊，这里有一个大望远镜观测台，是中国科学院建的，来这里的游客可以免费使用。旅客不用时，它们就自行在地面上用程序进行科学观测，既观测星星，也观测地球，自动记录数据。”橙子说。

“那好，我们一会儿一起去。”肖凌宇听到这里后，颇感兴趣，同意一起前往。

大望远镜观测台位于 1 号通道的尽头，预约后，有一名工作人员指导旅客如何操作：首先需要将想要观测的城市名字输入进去，通常大家都想看看自己的家乡。程序会自动找到经纬度，并调整望远镜的方向，这时在计算机屏幕上就可以看到自己想观测的城市的实时图像，地面分辨率大约是 100 米。由于月球到地球的距离是 38 万千米，所以即使是 2 米孔径的望远镜，也只能达到这样的分辨率。

橙子和肖凌宇都来自北京，所以她们最想看到的是北京的实时图像。通过望远镜，她们很快就看到了北京的实时图像，此时的北京是晴天，空气质量尚可，二环、三环、四环、五环都清晰可见。橙子很快就找到了自己的家——万寿路一带，她指着望远镜中那道弯弯的水域说道："这是昆玉河，我们家就在这附近。"

肖凌宇也在望远镜中看到了自己的家，在北四环路西边的中关村一带。她知道妈妈此时一定在家里等待着她的星际电话，她们约好了北京时间上午 10 点通电话。

"图像在慢慢地向右移动，说明地球在自西向东旋转。"工作人员熟练地向她们解释道。

忽然，橙子看到了飞机，有几个亮点在北京的东北方向移动，那里正是首都机场所在地。再看正南，那里是北京大兴国际机场，周围的几个移动的亮点也清晰可见。

"太有意思了，我们不是在卫星上或者空间站上，我们是在另一个星球上看地球。如果是外星人，他们会怎么想呢？我一定要将这些写进游记里。"橙子自言自语道。

这时候，同行的那对夫妻旅客也来到了观测台，他们想看看自己的家乡山东威海。

肖凌宇趁机离开了观测台。

北京时间上午 10 点整，妈妈的电话接通了。

“凌宇，你那儿怎么样？一路上顺利吗？昨天只看到了你发来的报平安的信息。”妈妈的声音那么清晰，这可是在 38 万千米以外啊！

旅行社曾经转达地月通信公司的提示，从地球到月球这段距离时间延时差不多是 1.5 秒，双向是 3 秒钟，因此通电话时不要抢着说话。

“我很好，一路上大家都很照顾我，看来爸爸是非常有威望的。”肖凌宇说完这句话马上打住，等待妈妈的回答。大约 3 秒后，电话中传来了妈妈的声音：

“是吗？爸爸离开我们都 10 年了，你这次能够成行，多亏了他留下这个预留位置给你。”说到这里，妈妈也停住了，她事先看了肖凌宇的短信，知道如果想要听到肖凌宇的回答，也要等上 3 秒钟。

“妈妈，你知道这几天正好是月夜的中间，我们在月球上看地球是顺光，太阳在我们背后，地球好漂亮，比在地球上看月亮好看多了，我们的地球是蓝色的，很大。我刚刚通过一个 2 米孔径的大望远镜，看到了北京就在我们面前，看到了四环路旁咱们的家，你现在就在那里接电话呢，多有意思啊！”说到这里，肖凌宇赶紧打住，怕妈妈想说话，打乱了顺序。3 秒后，妈妈的声音出现了。

“我看你不说了，就知道该我说了。今天天气很好，晴空万里，我知道你一定能看到家这里。当时你爸爸他们在讨论月夜能源的时候，他坚持一定要在月夜不停业，就是感到旅客最希望看到自己的家，看到地球最完整、最真实的样子。他还说，小王子的情怀他也有，他就像个小孩子。”肖凌宇不知道此刻妈妈怀着怎样复杂的心情说了这番话。

“我来到这里后，更理解他了。我现在就站在窗边看着地球呢，地球真是太漂亮了。”此刻，肖凌宇拿着电话，站在落地窗前，地球尽收眼底，中国东面的海岸线清晰可见，还有台湾岛、海南岛。四川、云南那边被厚厚的云层覆盖着，青藏高原上空晴朗无云。忽然，在海南岛东南角，好像有火光在闪，一定是又有一艘运送月球旅游团的载人飞船升空了，不久将会和轨道站对接。

“是吗？爸爸在设计这些工程时，都是凭想象，他说他的灵感来自于《小王子》，不知道是不是真的是那样，但是他的确把那本法文版《小王子》看了好多遍。”妈妈接着说道。

“真的吗？我现在住的房间墙壁上挂着一幅《小王子》中的插图，就是他和玫瑰花、绵羊和狐狸的合影。怪不得昨天入住时，服务员说我的房间是特殊安排的，原来是这样啊！”肖凌宇一边说着，一边走到了这幅插图旁边。突然，她发现插图下面有一行字，是爸爸的笔迹：

当你仰望天空时，那天晚上，因为我住在其中一颗星星上，你将拥有这颗会笑的星星。

Quand tu regarderas le ciel，la nuit，puisque j'habiterai dans l'une d'elles... Tu auras，toi，des étoiles qui savent rire!

法文应该是《小王子》中的原文，中文应该是爸爸翻译的。

这句话寓意深刻，妈妈在地球上看着我，我在月球上向她微笑，她心里一定拥有了整个月球，不是吗？而我在这里看着地球，那里有妈妈在对我微笑，我不是也拥有了整个地球吗？这里说的笑，其实就是爱！当你知道遥远的星球上有爱你的人，你就如同拥有了那整个星球一样。

爸爸建设的旅店，让来自地球上的每个人都在遥望自己爱的人，当你感受到那里有人在爱着你，你的感受就因为星际间的距离而变得无限宏大了。

"凌宇，你还在线吗？"妈妈觉得电话那头没有声音了，着急地问道。

"在，妈妈，我在房间里看到了爸爸在插图上的留言，我把它拍下来，回去给你看。"肖凌宇接着说道。

"是吗？我都不知道这个，大概是他在办公室里写的吧！好的。那你好好玩吧，不多说了，等你回来再细聊。”妈妈要挂电话了，肖凌宇预约的通话时间是 10 分钟，时间也快到了。

“好吧，回去再细聊，再见，您多保重。”肖凌宇最后说道。

“再见！”妈妈也挂掉了电话。

肖凌宇之后又给丈夫打了一个电话，因为他在上班，就简单说了几句。

肖凌宇没有给女儿打电话，她还在法国巴黎上大学，那里现在正是半夜，昨天已经给她发过邮件了。

第八章　通信

然后，他伤感地说：那要远得多……也难得多……

——《小王子》，圣-埃克苏佩里

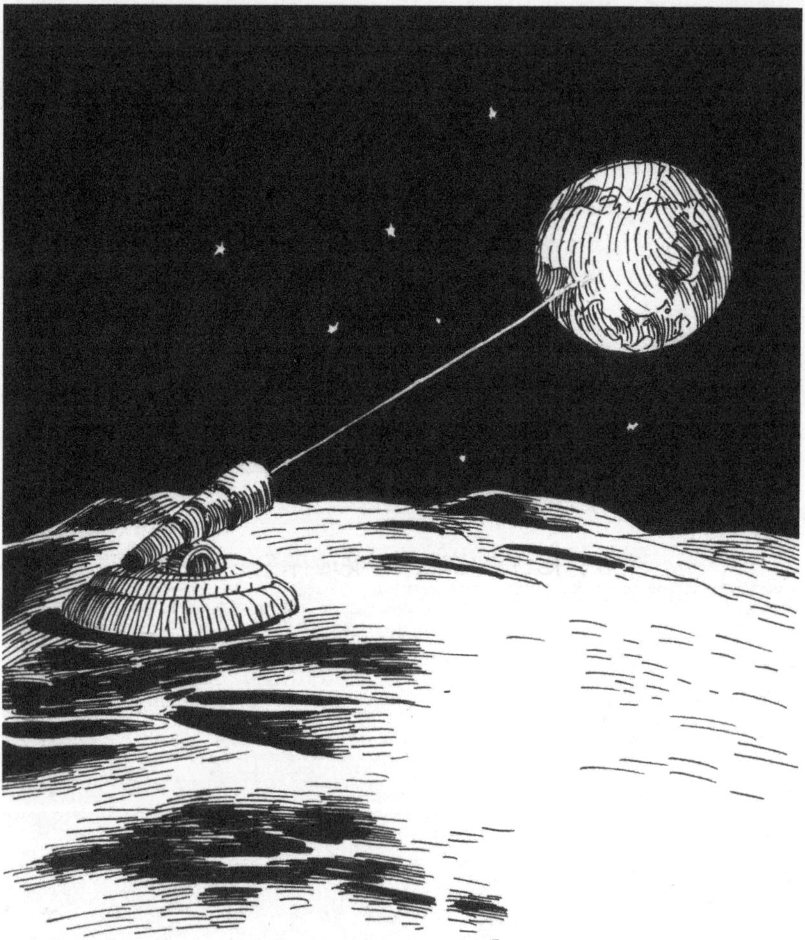

在搭建月球旅店大构架的过程中，除了往返运输系统外，肖家远认为最大的障碍就是通信系统。

地月之间的平均距离是 38 万千米，最远时可以超过 40 万千米，是从地球同步轨道到地面距离的 11 倍。目前常规的做法是用微波，地面天线要超过 35 米，甚至到 70 米的直径。月球那面的通信天线最好也要到 2 米以上。即使这样，通信速率也只有 2Mbps。也就是说，要传送一张高清晰度的照片回地球，需要大约 1 分钟。未来的月球旅店将有上百人居住，不但需要发邮件和短信、通话，甚至还需要视频。这样低的通信速率是无法满足需求的。好在激光通信的发展很快，已经开始在空间试验性地应用了。

不仅如此，在建设月球旅店的过程中，大量的无人飞船、工程建设都需要数据传输。这些需求还不能指望政府的航天机构提供支持，政府的深空地面站网都是为国家任务服务的，不涉及商业营利的目标。因此，必须成立一家商业的通信服务公司来支持月球旅店，以及前期各种工程的通信需求。

为此，肖家远找来了毕业于北京邮电大学的一个高中同学，他叫任时标，现在是北京邮电大学的教授。肖家远找了一个周日下午，将他请到家中来喝茶。

“听说你想搞旅游了，是吗？”任时标一坐下就揭了肖家远的老底。

“啊？你听谁说的？”肖家远还想抵赖一下。

“江小航啊，上次听他说你们在搞旅游项目。”任时标说道。

“也是，也不是。我只是在筹划，都没有付诸实施呢！”肖家远实事求是地回答道。

“这次请你来，也是想请教一下光通信的事情。”肖家远继续说。

“我在想，按照目前的发展速度，光通信能不能用到地月通信上？”提出问题后，肖家远看着任时标，等待着他的回答。

“这样说吧，大约40年前，地面上是微波通信的时代，地面到卫星的通信也用的是微波。光通信只能在光纤中传播，属于有线通信。当时我的导师就说过一个笑话，说：你总不能从卫星上吊一根光纤到地面上吧！”说到这里，任时标笑了一下。

“但是，近10年来情况不一样了，已经有了几次成功的星-地激光通信实验，速率已经达到5Gbps，远远超过了微波目前达到的600Mbps。”听到这些，肖家远的眼睛里开始发光了。

“但是，”任时标话锋一转，“最主要的问题是大气条件，晴天时没问题，有云就不行了。因此，空间激光通信最合适的应用场合还是在星间通信上，也就是卫星和卫星之间，而不是卫星和地面之间。”任时标说完这些，看着肖家远。

肖家远眼睛里的光一下子又暗淡了下去。是啊，这不是技术发展的问题。再过 10 年，大气阻隔还是大气阻隔，是物理上的阻隔，光波长那么短，无法穿透，这是物理问题，而不是技术问题。

“当然，如果你的数据需求不是很大，可以先发送激光到地球轨道通信卫星上，再转为微波，用通信卫星发送到地面上。”看到肖家远有点儿沮丧，任时标就提出了一个方案。

“哦，这个倒是，目前我们的需求可能不像地球上人与人之间通信的数据量那么大，因为去月球的任务和人数总是很少的。”肖家远接着说。

“但是，目前不是已经可以用微波解决问题了吗？我们也参加了‘嫦娥工程’地面站的建设，50 米的天线甚至 65 米的天线都建设了。”任时标问道。

“但那是政府的公共设施，我们需要商业公司为所有人提供商业服务，因此需要最廉价和最大能力的信道。”肖家远补充道。

“不过，在同样重量的载荷和发射功率条件下，光通信确实有很大优势，只要不落地，只是在星间通信。月球没有大气，从月球到地球通信卫星之间光通信最好。”任时标对方案的想法越来越清晰了。

“进一步说，如果还想进一步提升信道的带宽，也就是数据率，比如超过 1Gbps，可以考虑建立地面高塔，将激光接收站放到大气密度最高的那一段上面去，就可以直接将激光落地。”任时标接着说。

“这可能吗？”对于建设如此高的接收站塔，肖家远疑虑重重。

“我听说中国科学院正在论证一个平流层大气探针计划，就是要在昆仑山上建设一个超过 1 万米的高塔，将激光雷达放到上面，这样可以不受底层大气的干扰，稳定和连续地观测高达 100 千米的临近空间。”任时标说的信息应该是没问题的，毕竟他经常参加这类项目的评审。

“真的吗？我们可以先租用他们观测台上的一个位置，以后再自己建设专用的激光通信塔，如果技术可能，经费应该没问题。因为我们建造一艘地月飞船的价格也需要十几亿元呢！如果能稳定、高速地解决地月通信问题，这个是值得的。”肖家远又重拾了信心。

“只要经费有保证，应该没什么大问题。可以首先资助一下中国科学院的科学项目，加快他们的进程。当然，如果数据率不那么高，可以先用地球通信卫星作为中继的方案。”任时标最后说。

“对，逐步发展。但是用激光通信的方案应该可以确定了。”肖家远信心倍增，起身给任时标倒茶。

穆哈穆德正在房间里使用酒店提供的视频电话直播。

“网友们，大家好！我现在就在月球上的旅店房间里。这里距离地球 38 万千米。我可以看见你们，因为地球正好面向太阳，一个大大的、蓝色的圆盘，但是你们看不见我，因为现在是月夜期间，我这里背向太阳。”

“插播广告 1 分钟。”穆哈穆德的耳机里传来导播的声音，他看了一下桌子上带秒显示的数字钟，然后摘下耳机，伸了伸双臂，拿起杯子喝了口水，又戴上耳机，准备直播。

“开始!”耳机里传来导播的指令。

“当然，如果我是半个月前来到这里，情况就大不一样了。那个时候，我看到的将是处于黑暗之中的地球，但是如果你在一个大城市的话，我会看到你所在城市里的灯光。如果你那里正在下雨，我也会看到不少的闪电。如果你那里是晴天，你将会看到一轮满月，我的位置就在你们看到的月球的北半球的左上边一点儿，这里叫‘雨海’，是大平原，但是旅店在雨海的边缘上，所以可以看到我们东面的环形山。再过一会儿，我们将穿上月球舱外服，到室外活动，参观发电厂和燃料制造厂。届时，我会请工作人员录制相关视频，在明天的直播时间播放给你们看。”

“现在插播 3 分钟广告。”耳机里再次传来导播的声音。

穆哈穆德摘下耳机，站起身来，来到落地窗前，此时，整个地球就在他的眼前，中东地区就在正对着月球的这一侧，大约就是地面上那个地区的正午，可以看到阿拉伯半岛，基本上是黄色的沙漠，夹在红海和阿拉伯海之间，波斯湾清晰可见。阿拉伯联合酋长国，穆哈穆德的家，以及他正在连线的网站公司就在那里。还有那么多阿拉伯甚至全球的网友，还有那些广告商们，都在那里。

“请准备！”桌子上的耳机里突然传来声音。穆哈穆德回到座位上，戴上了耳机。

“网友们，这真是件不可思议的事情！我在月球上，距离你们那么远，但是我们却可以顺畅地通话视频，你们知道我的图像是怎么传到地球上的吗？我所在的旅店外有一个直径 1 米的激光器，把视频信号调制到光波上，然后将激光器对准地球，在地球上中国的西部，有一个 15 千米高的铁塔，是世界上最高的人造建筑，比我们的哈利法塔还高二十多倍，当然上面不住人，但是有电梯，人可以乘坐电梯上去安装设备。几十种设备中就有另一个激光望远镜，负责接收我们这里的视频信号，再通过光缆传输到地面基站，通过互联网传到你们那里。这套激光通信设备可以同时传送 10 个我们这样的高清视频，完全满足这里 120 个旅客的通信需求。”

“准备进广告。”耳机里传来导播的声音，“穆哈穆德，谢谢你，今天的直播结束了，我们只租用了 20 分钟的视频时间，时间到了。期盼明天你在室外的图像。

再见！”

“再见！”穆哈穆德与网友告别道。导播这时就关掉了通信联络。

穆哈穆德站起来，再次看了一下地球，然后好像想起了什么，马上坐下来在桌子上开始写了起来。

第九章　月面的室外活动

小王子情不自禁地赞美：“你真美啊！”

“可不是吗？”那朵花柔声回答，“我是和太阳一起诞生的。”

——《小王子》，圣-埃克苏佩里

北京时间下午 3 点，按照行程安排，肖凌宇一行五人要去参观发电厂和燃料制造厂。他们事先穿上月球舱外服，月球舱外服通体均为白色，经过多次改动，采用最新的保暖隔温技术，比较贴身，不那么笨重。每个人还背着一个生保系统的背包，并戴上了头盔。

在室外，也许因为负重，他们的行走速度稍慢，基本没有蹦蹦跳跳的感觉了。

在室外，他们可以清晰地看到远处连绵的山峰，那是雨海的东边。黑色的天空上布满繁星，地球还是在大约 40 度高的东南面天空中，出奇地明亮，照得整个月面都亮堂堂的，不需借助任何照明设备就能看清楚周围的景色和每个人。这也是月夜旅游的一个特殊之处。在月日时，月面景色的反差要大得多。

月球旅店是由提取完燃料之后的月壤压制的建筑材料建造的，厚度可以抵御 0.5 毫米以下微流星的撞击。旅店建设在面向地球的一侧，因地球的遮挡和引力，微流星的流量要远远小于背向地球的一侧。但是仍然需要进行必要的防护，当出现流星雨或有被较大天体撞击的危险时，旅客和工作人员将会转移到地下设施中避险。

旅店外部被涂成白色，主要是为了减少月日时的高温。在月夜期间，由于地球反射光的作用，白色还反射了大量地球来的光，使得周围环境更加明亮。

这时，他们来到一辆敞篷的月球车旁，依次上车，驾驶员兼任导游，慢慢启动了这个电动月球车，车轮是网状的，深陷在月壤中才能形成足够的摩擦力。

月球车的第一站来到了燃料制造厂。这里有一个大约一平方千米的月壤采集区，采集区内的工程设备是全自动化的移动设备。月球车围绕月壤采集区转了一圈，并在距离工程设备最近的地方停下来，方便大家拍照留念。

驾驶员通过大家头盔中的耳机告诉大家，这里全部是自动化操作，没有任何工作人员，维护人员平时生活在旅店内，负责监视设备生产情况。生产的基本原理是催化蒸馏，也就是用太阳能加热月壤，使其中的部分氧元素汽化，分离出来，再冷凝成液体，由于阴影区的自然温度就是−150℃左右，再下降 30℃左右冷凝，就可以获得液氧，然后保存在罐子中，用自动传输车运到发射区的大储罐中。至于氢气，虽然量很少，但是很珍贵，主要用来和氧气一同生产饮用水，生产过程中会产生少量的电，但是无法满足旅店的日常所需。

“那现在是月夜，没有太阳光还能生产吗？”其中那个男团员问道。

“为了节省能源，能源工厂在月夜期间是停产的。仅在月日那一段时间的生产，就足以满足需求了。”驾驶员回答道。

“马上你们就可以看到发电厂如何工作了，还有 5 分钟时间，太空电站就会为我们提供阳光了。”说到这里，驾驶员也抑制不住地兴奋起来。看来，能在月夜见到阳光是非常难得的一件事情，毕竟每个月有 14 天见不到阳光啊！

月球车继续向发电厂方向开去，那里距离月球旅店大约 50 米远，远远看过去，发电厂那里就是一片太阳能帆板，还有一个蓄电池间，每个帆板都可以跟踪太阳自动地旋转方向。这时，肖凌宇他们看到所有帆板都在转动，朝向东南方向转，而月球车也正好在朝那个方向行驶。忽然，大家看到前方有一个“小太阳”似的飞行器正在月面升起，慢慢地，大家感到温暖的阳光，周围的月面也逐渐明亮起来，整个发电厂都沐浴在阳光中。随着那个小太阳似的飞行器越升越高，月面上的亮度逐渐增加。这种场景就像乌云中透出的一缕阳光，周围特别是远处的山峰仍然处于黑暗之中。

随着“小太阳”逐渐升高，所有的太阳能帆板也随着它转动，肖凌宇他们下车后，驾驶员给大家拍照留念，并解释了发电厂的工作原理。

“在距离月面大约 3000 千米的高度上有一个飞行器，主要功能是为处于月夜的月球旅店反射太阳光。在飞行器上有一个大约 100 平方米的镜面反射器，当然它被分成了大约 100 块小镜子，每个镜面都可以独立地调整方向。我们这里有一个角反射器，它也会根据大致飞行器轨道先将方向指向那里，然后一直跟踪着。飞行器上的小镜子根据用户位置的信息，先将指向粗调到我们这里，角反射器一旦接收到反射过来的阳光，就会将其反射回去，每个小镜子接收到反射光以后，就会自动调整方向，使接收到的反射光最大。这是一个正反馈过程。飞行器只负责粗调姿态，小镜子们则负责通过正反馈把太阳光反射到我们这里来。这个过程在飞行器运行中一直进行着，直到我们看不到飞行器为止。这个系统是我们公司的肖总的发明专利。”驾驶员继续解释道，“在月夜期间，这个飞行器每天能为我们提供 5～6 小时、接近 100 平方米太阳能帆板产生的电力，也就是大约 50 千瓦时的电，这就基本上够我们的照明、保温系和生物循环支持系统最低功能配置下的使用了。”

“什么叫生物循环支持系统？”那位女游客问道。

“就是大家带上来的给养，比如食物消费后产生的垃圾部分，包括生活废水、人的排泄物等，都将进入降解循环系统。在月球上，水最珍贵，所以我们都是循环使用的，从来不浪费。”驾驶员对此问题可以说是对答如流。

确定了运输系统中哪些可以重复使用，哪些必须每次更换和维修，以及在通信系统采用激光通信的方案后，肖家远遇到的另一个难题就是燃料。起飞需要燃料，变轨、对接需要燃料，加速的地月飞行需要燃料，进入月球轨道减速需要燃料，再次变轨对接需要燃料，月面降落需要燃料，月面起飞需要燃料……这么多燃料不可能都从地球带上去，最好能在月面就地生产。

肖家远为此查了很多资料。人类几十年来对月球的科学研究，尤其是我国实行的“探月工程”，为肖家远提供了大量的珍贵资料。月壤的成分是什么？月球上的不同地区，比如平原也叫月海上的月壤，以及环形山中间的月壤成分也有所不同。但是不论是哪里的月壤，氧化物都是主要成分，如氧化铁、氧化钛等，其中的氧元素要占40%左右，如果能把其中的氧分离出来，哪怕只占其中的10%左右，也可以为我们所用了。分离需要的能源将来自于取之不竭的太阳能。

因此，要想让月球旅游可持续地发展下去，必须首先解决就地生产燃料的问题。其中氧是最主要的，不仅仅是因为氧元素比氢重，还因为它在燃料中所占的比重是氢的8倍。

当然，如果到月球的南极，在那些永不见太阳的撞击坑底部也许有水冰，而从水冰中提取氧和氢最容易。但是，月球旅店无法建在这些地方。相比之下，在月球中纬度地区建设旅店更好。这是因为，第一，中纬度地区有很好的平原，适合载人舱的起飞和着陆，适合月球车行走，旅客的移动范围要大得多。第二，与地球的联系更容易，地球位于旅店地点合适的仰角上，便于通信，由于仰角不是太低或太高，还便于观景。

这样，旅店建在哪里，就应该在哪里就地取材，哪怕耗能更多，而不是在月球表面再建设公路运输系统，将燃料运来运去。

制造燃料的工程很大，但可以用机器人来建设，规模由小变大只不过是时间问题。

关于在月夜用太阳能的方案，在那次讨论会之后，肖家远主要关注的是姿态问题，即如何确保太空电站上的反射面始终能把阳光反射到月面指定的位置。轨道越高，对飞行器姿态控制的要求就越高。首先，需要把完整的反射面，无论多大，都要分解成小块，才能发射入轨，因此姿态控制必须也分解为小的单元。其次，由于轨道在 3000 千米的高度上，加上有随机扰动，不能仅仅依靠轨道的预报和计算来确定反射面姿态，以及不能仅靠飞行器姿态来控制反射镜面的指向，这就需要有即时的反馈系统。如果在月面用户位置放置一个被动的角反射器，就可给飞行器上的反射板提供一个指向是否准确的反馈信息。利用这个信息，自适应地调整反射板的指向，就可以形成正反馈系统。我们甚至可以不管指向精度到底达到多高，就可以完成跟踪和指向的调整。而飞行器只需知道用户在月面的位置，角反射器只需知道飞行器的轨道位置，就可以了。太阳帆板如果能够适度跟踪飞行器，就可以提高光电转换效率，但是跟踪精度要求并不高。

同时，肖家远还考虑到，不仅自己的月球旅店项目，其他任务在月夜时一定也需要能源，如果用太阳能，就可以有最大的适应性，大家都不用做额外的微波功率检波天线阵，而是使用自备的太阳能帆板即可。当然最好将其方向调整到月球轨道上的太空电站方向。另外，用户需要建一个可以对轨道上太阳能电站进行跟踪的角反射器。

这样看，与通信系统一样，月球太阳能电站实际上是一个独立商业服务公司。不仅仅是月球旅店项目，任何月球项目，特别是落在月球表面的项目，都可以从其那里购买电力（实际上是阳光反射的）服务。

至此，肖家远的三大基础设施，即地月运输系统、地月通信系统和月面能源系统的关键技术途径都有着落了。现在可以向领导提出退休申请，开辟自己新的工作方向了。

等自己目前手上最后一项发射任务结束，就向领导提出来。

但是，等等，这么大的项目，谁来出钱呢？

第十章　融资

很久很久以前，有一位小王子，他住在一个同他身子差不多大的星球上，他需要一个朋友……

——《小王子》，圣-埃克苏佩里

百通（BERTON Partners）是美国五大风险投资公司之一。它的一名骨干成员是一位华人，叫李迈（Micheal Lee），曾经在清华大学学习，之后到美国宾夕法尼亚大学留学，毕业后在几家互联网公司任高管，后经人介绍进入百通。

进入百通公司后，李迈了解到美国有很多中小型创业公司，其中绝大部分都是借助风险投资公司的资金起步的。当然也有投资失败的，但是如果投资公司看得准，超过 30%的公司都是有很好的发展前景的，超过 10%的公司在 3～5 年可以迅速发展，并成功上市。所以，从事风险投资工作，很重要的一点是眼光。

就在这几年，李迈看到了中国创业企业的发展势头，政府致力于推动“互联网+”“大众创业、万众创新”（“双创”），以及商业航天发展，众多创业企业纷纷成立，这是将风险投资引入中国的好时机。

这天，李迈约了百通公司的首席执行官、具有丰富投资经验的让-路易·文森（Jean-Louis Vincent）见面。文森曾经投资过苹果公司、Facebook 等著名的美国创业企业，一步步使公司发展到今天这个规模。

“早上好，Micheal，你不是为了要去中国开一家投资公司来找我的吧？”文森一针见血地说道。

“真是不好意思，让你猜中了，你不会因为我对公司不忠诚而开除我吧？”李迈也干脆开门见山地开了一个玩笑。在美国待了多年，他早已熟谙美国人的说话方式，越是绕弯子越讲不清楚，留下的印象也不好，索性不如直截了当。

“当然不会，我不但不会开除你，还要给你加薪。”文森脸上露出诡秘的笑容。

“啊？为什么？让我猜猜……”听到这里，李迈心里有一点儿窃喜，是不是文森也在考虑这件事儿，想派我代表公司前往中国投资？这正中我下怀，我干脆让他先说吧！

“是不是我本月的绩效不错，先前投资的两家创业企业都上市了，我们可以脱身了？”李迈故意向别处引，这叫欲擒故纵。

“当然，我知道这个事儿，我们可以从那两家公司的股份中奖励你应得的部分。但这不是主要的，我是针对中国市场和你说的。你不是想去中国闯一闯吗？”文森看来也不想兜圈子了。

“这个呀，当然。不知道公司是不是想去中国发展？我了解一些情况，正想和你谈谈呢！”李迈决定借这个机会把事情敲定。

“你知道，我们在香港有分部，一直关注着中国市场。近期他们也跟我汇报过，那里的新兴领域发展很快，也有很多创新思想有发展的潜力。我想如果你愿意的话，我可以派你回中国试试水。”文森正式地提出了想法，眼睛盯着李迈，心里估计在琢磨着李迈是否愿意前往中国去开拓市场。

“这当然好，我认为我们应该去试试，不然可能会错过非常重要的机会。”李迈在文森的想法上，又加了一码。

“但是，我的想法是这样的，不知道你能不能接受。”文森话锋一转，“首先，我们公司可以在中国开拓市场发展，但是我认为还是有各种风险的，比如政治上的风险，你知道我们两个国家的社会体制不同，我们不能把钱全部押上去。因此，如果你能在中国 1∶1 地找到同样的资金，比如你在中国找到了 10 亿美元的资本，我这里就给你配套同样 10 亿美元的资本，你对中国的 10 亿美元负责，我对美国投资的 10 亿美元负责。给你的条件就是，百通中国分部的全部股份，你拥有 60%的决定权，也就是我这里的 50%的决定权让给你 10%，你就是大股东，你说了算。同时，我这里给你的底薪不变。”文森和盘托出了他的设想。

这就是说，文森给了李迈更多的权力，去操作中国公司的运营。同时，也给了李迈很大的挑战，他需要先在中国找到相应的投资，才能拿到百通的投资。不得不说，文森的这一提议一举两得：一方面，因为有了中国方面的投资，百通公司就减少了投资金额；另一方面，因为有了中国的投资注入，会获得中国政府的保护。为了让李迈更好地负责这个公司，文森让出 10%的股份给李迈持有，就给了李迈总经理的决定权。

李迈十分想马上答应，但是他对能否尽快在国内募得大量的资金没有太大的把握，可是又不想失去这个机会。

“这可真是个好建议，容我想一想，两天内我给你答复吧！”李迈最后说。

“好的，希望你不要失去这个机会，在你这个年龄，应该做更重要的事情啦！”文森站起来和李迈握手，示意会见到此结束。

飞机在北京徐徐地降落了。这已是李迈最近半年内第 5 次回国了。

百通中国的起步工作都已经做完，公司选址在中央商务区的一座写字楼里面。为了谨慎起见，此时，李迈只雇用了 5 个人，其中一个人就安排负责商业航天领域，寻找投资机会，他则是到处和资方洽谈。通过他这几年建立的与国内金融界的关系，他已经顺利得到了近 30 亿元人民币的口头许诺，其中 5 亿元已经到账了。美国那边自然也有将近 1 亿美元汇了过来。这很重要，因为李迈是两边许诺，跟中方他当然说是美国会先投入，希望中国资方配套投入。他常说的话就是，“你们看，如果我的能力不行，我看项目不准，美国资方会投入吗？因此你们的资金一定是安全的。”

当然，对美方，他就会说：“中国机会很大，我已经把钱搞到了，我们百通要守信用，尽快把钱汇过来。”

当然，这只是商务上的套话，他的朋友看好他，还是基于对他的人品和经历的了解和信任。李迈也不会让资方失望，他其实更感兴趣的是中国的创新市场，而不仅仅是钱。

这天他回到北京，是因为负责商业航天的投资人李明约了他，想向他汇报一件大事儿。

李明是李迈弟弟的同学，是中国人民大学金融专业毕业生，毕业后一直在投资公司工作，彼此也算是知根知底，他是李迈回国后“挖”过来的最得力的助手之一。

“李总，我最近听到了一个项目，虽然我还没见到项目负责人，但是听了一下觉得很重要，必须先向你汇报。”一见面，李明就直奔主题，这也是李迈建立的公司作风：不讲套话、官僚话，上班也不用穿西服、打领带，与银行和其他金融公司大不相同。

“你说。”李迈看着李明的眼睛，期待地说道。

“这是个月球旅店项目，就是要在月球建一个旅店，开展月球旅游活动。”李明说。

“啊，可能吗？是不是天方夜谭啊？”李迈虽然也是航天爱好者，对航天技术的进展也基本了解，但人类在近地空间站已经待了 20 多年了，都没有迈出一步，尽管好几个国家的政府都提出要重返月球，但是都停留在口头，没有人真的这样做过。

“我开始也以为只是说说而已，但是我大概听了一下他们的方案，做总体方案的人是个老航天，经验丰富，他们的方案做得很细致，值得研究一下。”李明迫不及待地说。

“老航天？谁？你知道要想创业，人是最重要的，如果人选对了，我们的项目就相当于选对了一半儿了。”李迈说道。

“他叫肖家远，我以前也听说过这个人，主持过很多国家重大航天任务，担任过工程总师。”李明继续汇报。

“哦，那他会出来搞月球旅店？”李迈有点儿不相信地问道。

“我也是这样想，但是向我介绍这个项目的人好像很确定，他说整个方案都是肖总一手设计的，因此他一定会做出来的。目前他还有一次发射任务，之后就退休了。”李明一口气不停地说完。

“那你就一定要见见他，直接听一下他的想法。”李迈看来被说动了。

“但是……”李明显然有点儿迟疑。

“但是什么？”李迈看着吞吞吐吐的李明，不知道平时十分干练的李明今天这是怎么了。

“但是，这个项目需要的经费太多了，所以我才急着向你汇报。”李明终于把这句话说了出来。

“经费多是什么意思？多少？”李迈不解地问道。他平时接触的都是处于起步阶段的企业，首次投资基本都是几百万到 1000 万元，最多的也就一亿。

“前 5 年大概需要 200 亿元，后 5 年需要 1000 亿元，10 年内大概都不会盈利。”说完，李明的眼睛还是瞪得大大的，望着李迈。

“哦，那建成以后的盈利呢？”李迈到底是老牌的投资人，知道关注什么。

“他们初步估算旅店本身每年的营业额是 700 亿元人民

币，按每人每次700万元的票价，也就是大约100万美元，旅程6天。但他们说这是按50%入住率估计的。”此时的李明明显放松了一点儿，他也是因为这一点才觉得应该向李迈汇报的，否则，这个项目在他自己那里都过不了关。

“还有地月通信公司、月球轨道太阳能电站，这些都是配套项目，但是也可以独立经营。”李明继续说道。

“这样啊！”李迈终于明白李明为什么这么紧张了。这是一笔大生意啊！百通公司一定要介入，至少要搞清楚这个项目可行不可行，如果真的需要这么多钱，中国分部兜不住，他可以向美国总部汇报。他知道，100亿也好，1000亿也好，都是按阶段支付的，平均到10年内都是可以承受的，更不用说如果方向选好了，中途就开始盈利，并推到股市去融资，这都不算什么。比起那些互联网公司，一次动辄就融资几百个亿，这已然是小巫见大巫了。

“这个项目很重要，你约一下肖总吧，我们见面详谈一下。我的时间都可以，他什么时间合适，我就见他。”李迈明确无误地表了态，这让李明终于放下了刚才悬在半空中的心。

这边肖家远也在进行调研，因为资金问题，他在网上查询了好几家风险投资企业的资料，都不太满意。这些风险投资公司都比较注重短期效应，也就是说，他们都要求当年或最多两三年就要有回报。他正在策划的月球旅店项目估计要建设 10 年，10 年中都不会有任何回报。因此，他需要长期投资者，需要合作伙伴，哪怕多分给合作伙伴一些股份也没关系。主要是，大家要有恒心，坚持 10 年，把事情做成。

正好，女儿肖凌宇在银行工作，虽然是在后台的信息系统领域，但是也会认识一些金融界的人吧！趁周末女儿一家三口回家来，他顺便就这个问题问起了肖凌宇。

“凌宇，我马上就要退休了，正在考虑干点儿自己感兴趣的事情。如果要成立公司，你能给爸爸介绍一家风险投资公司吗？”肖家远边吃饭，边有一搭没一搭地提出了问题。

“不会吧？真要开公司啊？您为国家干了这么多年，怎么想起来要开公司了？”肖凌宇不相信爸爸真的要开公司。

“开公司不是目的，目的是想做一些事儿，需要资金。”爸爸继续说道。

“你爸爸是想送人上月球旅游，这个只能通过商业公司运作。”妈妈插话说。

“哦，这样啊！怪不得爸爸最近总是上网，并在笔记本上画来画去呢!”肖凌宇看了看爸爸，继续说道，“我在银行是在后台工作，并不接触投资方面的事儿，我可以先帮您问问。”爸爸的事情，肖凌宇一定会放在心上的。

“我倒是认识一个人，是一家新成立的美国公司，最近正在搞风险投资，据说他们不在乎长线项目，我想月球旅游一定不是短线项目吧!”女婿这时插话了。

“公司叫什么名字，我可以先上网看看。”肖家远问道。

“好像叫百通，是个美国公司。”女婿回答道。

“好的，我一会儿上网看看他们的介绍。”肖家远这时的心已经不在饭桌上了。

第十一章 合作

那么，你会喜欢看所有的星星……他们会成为你的朋友。

——《小王子》，圣-埃克苏佩里

在百通公司北京总部的办公室里，肖家远和李迈终于见面了。

一个航天总设计师和一个投资商面对面坐着，两人都不在意过多的礼节，直入主题。这段对话也许可以被后人载入史册。

“肖总，您为什么会想到搞月球旅游呢？近地的太空旅游不还没有搞起来吗？”

“是，近地的太空旅游暂时还没有，但是很快就会有了，不超过两年，最多 3 年吧！但是，近地旅游的体验远远不如月球旅游。首先，近地的太空旅游除了能让人获得微重力的感觉外，其他体验都不如月球旅游，距离地球太近，人没有离开地球的感觉，特别是没有在另一个星球上看到地球、看到自己家园的感觉。其次，人类的技术发展一定会把自己带向太空的，因此近地太空旅游之后，必然是月球旅游，因此，现在就要开始准备。”肖家远说道。

“说到技术发展，实际上现在人类的技术发展早就可以把人送上月球了，50 年前就做到了，有 12 个美国宇航员登上了月球，不是吗？”李迈事先也做了些功课，对这些都了如指掌。

“是的，你说的对，在冷战时期，美国人做到了。但是你想过没有，为什么 50 年过去了，人类并没有比当初走得更远，反而退步了呢？”肖家远反问道。

“他们正在计划重返月球，然后登陆火星，并没有停下来。”李迈也是有备而来。

“是的，登陆火星，可那又是一次政治任务。但是我认为不可能实现，因为耗费的资金太多了，NASA 就是 20 年别的什么事情都不干，按照现在的预算也到不了火星。”肖家远说道。

“这么高的预算，如果连美国都做不到，其他国家能做到吗？”李迈还是没有被说服。

“这不是因为确实需要那么多钱，而是由 NASA 的体制决定的。这个体制太庞大了。虽然 NASA 的创新能力仍然很强，但是背着一个大包袱，这是一。第二就是，NASA 无论是去火星也好，去月球也好，都是政治任务，不是商业任务，没有回报，因此不可持续。就像‘阿波罗计划’一样，最后不得不终止。”肖家远深思熟虑地说。

“那 NASA 也可以搞商业航天啊？比如搞月球旅游。”李迈继续站在 NASA 一边争辩说。

“可以，但是 NASA 是政府机构，除非将其转制为一个商业公司。但是这个几乎不可能，因为美国政府在政治上和科学探索上都需要 NASA 继续存在。”肖家远肯定地说道。

“那美国也可以成立一个商业公司做月球旅游啊！”李迈实在辩不过了，但仍然提出了自己的异议。

“这就是我们要做的事儿了，必须通过商业航天的途径发展太空旅游，而不是通过政府项目。这个现在叫新航天。”肖家远有一点儿得意，发现自己把李迈带回到了自己想要谈的问题上了。他继续说道：“美国没有考虑月球旅游的事儿，原因是，第一，大部分商业的太空旅游公司都在忙于获得第一桶金，也就是近地的太空旅游；第二，NASA 有重返月球的计划，他们想等一等，看看能不能搭上政府的车。而我们，已经在这个方向上深入考虑了一年，整体方案已经基本上确定了。我相信我们已经走在了他们前面。但是，从另一个角度来说，月球旅游的市场是很大的，即使美国商业航天公司也想做这件事儿，我们也欢迎，我们中国自己的游客我们做，美国的游客他们做，相信也做不过来的。”肖家远看着李迈在思考，暂时停下来等着李迈继续问问题。

李迈顿了一下，继续说：“我在想，如果美国的近地太空旅游公司运行顺利，他们会赚到第一桶金，也许很多，会比较容易地、循序渐进地进入月球旅游市场，而我们需要投入很多投资人的钱，风险会远远大于他们。”李迈顾虑的是对的，也是肖家远后面需要和他进一步讨论的。

“我们常常讲弯道超车，这个项目就是个机会。在他们忙于近地太空旅游赚第一桶金的时候，我们已经起步做月球旅游项目了，这就是弯道超车。中国人必须抓住这个机会。但是，我们面临的困难要大一些，风险也更大。我们需要投资人成为我们的合作伙伴，和我们一起奋斗，克服各种困难，争取在这个领域领先一些。即使他们后来居上也没关系，我们的市场足够大。但是如果我们真的领先了，我们可以带着他们一起走，联合起来，而不是成为敌人。”肖家远终于抛出了主题，就是希望百通公司成为月球旅游项目的合作伙伴，而不仅仅是投资商。同时，他也看重百通公司的美国背景，这为今后合作奠定了基础。

“你这样想让我放心很多，你知道我们有美国公司背景。这么大的投资，我也希望得到总公司的支持甚至是参与。如果我们投资的是一个国际化的项目，就会好很多。”李迈有一点儿如释重负的感觉。

“当然，商业航天一定不是政治项目，而是以市场和利润为主导的。人类发展到今天主要是因为工业革命及后来的科技革命带来的经济发展，不然我们还在马尔萨斯陷阱里面呢！太空事业也是一样的，如果只有政府项目，没有市场驱动的商业项目带来经济发展，就一定不可持续，60 年来航天事业发展得如此缓慢已经说明了这一点。这也就是我退休后下决心做商业航天的原因。我希望在有生之年看到人类尽快地走出地球，进入太阳系。但是，我只能把月球定为自己的目标，因为我已经 60 岁了。但是我相信，我可以在 10 年内把这件事情做成。”说到这里，肖家远的眼睛里透露出了一种情怀，这是他自己没有意识到的。但是李迈捕捉到了这一点，他对肖家远有了信心。凭他的经验，要想把一件事情做好，特别是创业企业，如果眼里只有钱而没有情怀，往往走不了多远就失败了。

“谢谢肖总，你们的技术方案文本我已经看过了，虽然我不是搞航天的，但我也是学工科的，可以看到方案的基本可行性。但是有一点，我还想和你讨论一下。”看来，李迈对大方向已经认可了，开始讨论细节了。

“当然，你说吧！”肖家远很高兴李迈愿意和他商谈方案的细节，这到底是他的长处。

“我的问题是，能不能在建设的过程中尽早盈利呢？”李迈问道。

“这个啊，我也考虑过，但是不太容易，因为我们要建设很多基础设施，比如运输系统，包括天地往返的载人飞船、地球轨道中转站、地月段飞船、月球轨道中转站、月球载人飞船，还有通信系统和能源系统等。我曾经考虑过将通信系统独立拿出来成立一个公司，尽快为所有想去月球的用户服务，比如大学、没有地面站的国家政府项目，通过商业的方式，如果现在起步，5 年后就可以接受第一批用户。”肖家远很高兴李迈提到了这个问题。

“对，再比如，我们能不能先建造地月段飞船，把第一艘飞船和国际空间站对接，搭载旅客到月球轨道上一游，再送回国际空间站。这样，从第一艘飞船开始，就可以卖票了。”李迈建议道。

“啊，这个建议好啊，这个是我们没想到的。你看我们已经成为合作伙伴了。”两个人终于谈到一起了，面对面大笑起来。

肖家远退休后，由于总体技术方案基本成熟，经费也有百通公司兜底，所以月球旅游开发公司马上就成立起来了。李迈亲自出马，担任董事长，肖家远任总经理兼总设计师。

不到五年，经过地球通信卫星接力的激光通信链路就建立起来了，第一批用户竟然有 NASA 和几个国家政府的小项目。一个是 NASA 的月球资源着陆器，这是交给一所大学研制的着陆月球南极的水冰探测器。这个任务购买了肖家远他们地月通信公司的用户激光终端，并购买了 10GByte 的数据流量。另一个是中东一个国家的月球着陆器和月球车。还有几个商用公司的月球开发项目，目标都是为支持今后载人登月做技术研发的。

由于国际空间站的退役，该组织将其出售给了一个重新组建的商业公司运营。因此，肖家远他们公司与其的合作变得非常通畅。如果游客只到国际空间站旅游，票价就已经很昂贵了。但是如果他们再增加 30%的票价，就可以乘坐肖家远公司的地月段飞船到月球轨道转一圈。当肖家远的地月段飞船 1 号实验成功后，立即赢得了 100 多个游客的预订，基本可以支持他们后续一系列飞船滚动开发的经费了。

与此同时，李迈决定推动地月通信公司上市。很快，他便募得了大量资金，开始在青海一个海拔 4500 米的山上建设 15 千米高的平流层探针。该项目也得到了国家重大科技基础设施建设的配套支持，因为建成以后，塔上有 500 平方米的平台，可以安放除了地月激光通信机以外的很多科学设备。这个平流层探针成为中国的地标建筑。很多国家都要求中国在他们那里再建设一个，包括美国的夏威夷岛和葡萄牙的亚速尔群岛。

到公司成立 10 周年的时候，地球轨道中转站正式建成，可以接待来自各国的天地往返载人航天器。一年后，月球轨道中转站建成，月球载人飞船试飞成功，月球旅店一期开始正式营业。又过了 5 年，月球太空电站成功发射，月球旅店二期正式开始营业。

第十二章　尾声

所有的大人当初都是孩子。

——《小王子》，圣-埃克苏佩里

肖凌宇坐在地月段飞船返程的航班上，将爸爸留给自己的那封信铺开在小桌板上，再次阅读。

亲爱的凌宇，

这十多年来我一直在努力的一件事儿，就是试图加快人类进入太阳系的步伐。

这件事儿直到我快退休了才想明白。人类的航天事业，从一开始就被贴上了国家任务的标签。诚然，航天技术可以用于国防事业，但是它不应仅仅是用于国防事业。对于中国来讲，这个不可避免，因为我们的国家在20世纪六七十年代的时候还很穷。但是美国不一样，他们应该将航天事业从一开始就放开给商业，但实际上他们将航天事业禁锢在了只有政府关心的有限的目标上，除了国防，就是科学探索和公共服务，比如天气预报。唯一放开的就是卫星通信领域，对载人航天也始终没有放开。这一大致的政策走向，也影响了世界上其他航天国家。这种情况直到近十几年才发生了变化。

正如你所看到的，我这十几年就是在力图改变整个趋势，让航天在完成国家任务的同时，为普通人进入太阳系服务。但是，必须是通过市场机制驱动的。经费应来自民间，服务也是面向大众，是国家甚至人类经济发展的一部分。如果再过去100年，也许这就是人类第四次工业革命的一部分。

我说这些是想让你体会到爸爸这些年在干什么，走出为政府航天任务服务的圈子，开辟和来到了一个新的，也许是更大的领域。我预计，在你打开这封信的时候，我们的月球旅店二期建设已经完成了。你能够在月夜的时候，看到一个完整的地球。

从另一个天体上看我们的地球，是我的梦想，就像《小王子》中的小王子，他在不同的星球间访问，最后还是念念不忘他自己星球上的那朵玫瑰花……

我们人类十分渺小，从另一个天体上看地球，可以感受到这一点。月球还是最近的天体，如果从火星上或是更远的天体上看地球，地球将是一个小小的亮点，如同其他星星一样。但是在月球上，距离正好，不远也不是太近，你会感觉到自己的家就在那里，人类就在那里。你也许会想，人类在干什么？你们虽然住在不同的地方，有不同的文化，但是对地球而言，你们不都是主人吗？你们将把地球的未来带向何方？

我为你预订了10年后的一个旅行团的名额。当你打开这封信的时候，希望你能够代我去一趟。从那里看看我们的地球，我们的家。

爱你的，

爸爸

肖凌宇再次进入地球轨道中转站。这次是反方向，从地月段飞船的对接口，飘移到天地往返载人舱的对接口的舱段。

她和大家一起，再次穿好舱内宇航服，并逐一进入载人舱，坐在了座位上。

轻轻的一次振动，载人舱与中转站分离了。

慢慢地进入了大气层。

振动、强烈的振动，重力逐渐加大，舷窗外是红色的火光。

一次强烈的冲击，大概是降落伞打开了。

突然，安静了，载人舱随着降落伞飘浮在地球的大气中。

又过了一会儿，感到一次重重的撞击，载人舱着陆了。

“到家了，各位乘客，我们已经安全返回地球。请大家稍稍停留 30 分钟，适应一下地球上的重力，然后随我逐一出舱。”耳机里传来驾驶员的声音。

半小时后，大家似乎已经适应了地球上的重力，似乎也不记得仅仅在不久前的那种微重力的感觉了。

“请出舱，欢迎各位再次到太空旅游，参加我们公司正在设计的、比月球更远的、更加激动人心的、能同时看到地球和月球的太空城旅游项目，再见！”驾驶员和地面工作人员站在舱口迎接大家。

肖凌宇将玻璃面罩推到上面打开，慢慢地移动身体，来到舱外。

蓝天就在头顶，地面的草原广阔且充满生机。

“爸爸，我平安回来了，我完成了您的遗愿。”肖凌宇心里默默地念道。

经历过这次不寻常的旅行，肖凌宇感到好像变成了另一个不一样的自己。但是，到底变在了哪里？好像还说不清楚……

后　记

一口气把最后一章写完，肖凌宇平安返回地球，我心里的石头也跟着落了下来。一个多月来，大部分时间，我的脑子里想的都是这个故事，就在那里，挥之不去，不得不赶紧把它记录下来，有时候打字太快，出现很多错别字也来不及改，心里想的最要紧的是将这个故事记录下来。

相关的想法大概在一年前就有了。有点儿像肖家远，我做了这么多年航天型号和空间科学，总觉得哪里有些不对劲儿，但是一下子也说不清楚是哪里不对劲儿。直到有个关系很好的外国朋友告诉我新航天（New Space）这个概念后，我马上上网查了一下，才有种顿悟的感觉。是啊！为什么人类在首次登月后，停滞了 50 年再没有走出去？当时不是说好了吗？阿姆斯特朗说他迈出的是一小步就是人类迈出的一大步吗？但是 50 年时间过去了，那一大步之后呢？我们如果还在傻傻地等待 NASA 带着我们走，我们是不是都被"绑架"了啊！

其实，也不是谁非要"绑架"我们大家，而是航天事业本身的国家任务属性太强了。但是，航天事业不应该局限于国家任务，而应该是通用的，也应该是可以用于商业的。但是美国也好，其他国家也好，航天事业用的都是政府的财政经费，是纳税人的钱，因此都只能为国家目标服务。"阿波罗计划"是为了实现政治目标，胜利实现人类首次登月后，就没有下一个目标了，因为总不能取得了胜利后，再取得一次，没有了对手，还干什么呢？但是如果航天事业也姓"商"，舞台就大多了，并可以滚动持续发展，这就是新航天。

这个问题就这样在我脑子里转了一年多，就像这个故事中的肖家远一样，最后走到了月球旅游上来。那月球旅游到底有可能实现吗？为什么目前还没有人去做呢？这里有几个问题：第一是技术，第二是经费。关于技术，现在的技术实际上已经非常接近了，故事中的肖家远提出的方案是具有现实基础的，有些已经取得专利或者有人正在实施了；而经费可能是目前所面临的最大问题，即使采用高效的商业航天组织方式，投资经费也将是一个很大的数字，而且或许 5 年，甚至 10 年都没有盈利或不能收回投入。因此，金融界的朋友也应该参与其中，成为合作伙伴，大家共同努力，加速人类而不仅仅是几个宇航员走出地球摇篮的步伐。

就这样，有了本书所讲的这个故事，希望能给大家一个近乎真实并震撼的体验。

2019 年 7 月 20 日

于北京怀柔